RODRIGO REY ROSA
SIEMPRE JUNTOS Y OTROS CUENTOS

MAR ABIERTO
narrativa contemporánea

DERECHOS RESERVADOS
© 2008, Rodrigo Rey Rosa
© 1985, *El cuchillo del mendigo / El agua quieta*
© 1991, *Cárcel de árboles*
© 1994, *Lo que soñó Sebastián*
© 1998, *Ningún lugar sagrado*
© 2006, *Otro zoo*

© 2008, Editorial Almadía S. C.
       Calle 5 de Mayo, 16 - A
       Santa María Ixcotel
       Santa Lucía del Camino
       C. P. 68100, Oaxaca de Juárez, Oaxaca
       Oficinas en: Avenida Independencia 1001
       Col. Centro, C. P. 68000
       Oaxaca de Juárez, Oaxaca

www.almadia.com.mx

Primera edición: octubre de 2008

ISBN: 978-607-411-004-3

Impreso y hecho en México

RODRIGO REY ROSA
SIEMPRE JUNTOS
Y OTROS CUENTOS

Almadía

SIEMPRE JUNTOS

En una casita incrustada en lo alto de un despeñadero sobre el agua azul y negra del lago volcánico, había dos escorpiones, uno grande y otro chico. Se creía que eran madre e hijo, porque siempre estaban juntos. Una noche de mucho viento el escorpión grande tuvo la mala suerte de caer del entretecho de madera y lámina donde dormían. El otro escorpión asomó por la hendidura luminosa por la que el mayor había caído a un lugar de piedra, vidrio y muchas voces.

El escorpión grande cayó de espaldas con un ruido de rama quebrada sobre el piso de loza. A su lado, estaba una niñita de pocos meses, que no era menos monstruosa que sus padres y amigos que la miraban babear y hacer muecas, como hipnotizados. Si lo veían ahí —pensó el escorpión— no descansarían hasta destruirlo. Como si a él pudiera interesarle ese culito blanco. Pero ni soñarlo, con el escorpión que estaba esperándolo arriba, en las tablas calientes del techo. Pero si lo veían ahí, tocando casi la carne olorosa de la niña, creerían sin duda que llevaba malas intenciones. Tenía que quedarse muy quieto donde estaba, para que el color de su cuerpo se confundiera con el color de la piedra. En cuanto dejaran de mirar en esa dirección, correría hasta la chimenea, se pondría a salvo en una rendija entre los ladrillos ahumados y el ángulo de hormigón. Cuando aquellos seres temerosos terminaran de ingerir sus alimentos y el líquido que solían beber hasta muy entrada la noche, cuando dejaran de echar por bocas y narices aquel humo que los ponía más torpes de lo que eran —pensaba el escorpión— yo podré trepar al techo y reunirme con él.

"No sé en qué estaría pensando cuando caí", se dijo a sí mismo. Acababan de tener una de esas riñas sin sentido pero inevitables en las vidas compartidas. Le había dicho al otro que si en realidad no apreciaba lo que él hacía, que podía ir a buscarse un techo propio en otra parte, que el techo donde estaban lo había descubierto él. Una tontería, ambos lo sabían. No quería que el otro se marchara, ni el otro sería capaz de encontrar un techo nuevo, si no sabía cómo buscar, porque nunca tuvo que buscar nada. Se moriría de hambre o de frío. Pero era inaceptable que el otro creyera merecerlo todo, con sólo existir. "Cree que el único trabajo que le corresponde hacer es digerir la comida que le pongo en la boca y montarse encima de mí cuando se lo pido", pensó. Un momento antes de caer, se había dado la vuelta para apartarse del otro y dar fin a la pequeña escena, y entonces sintió la ráfaga de viento norte que hizo temblar las láminas del techo, y sufrió la tonta caída.

"Caer así —se reprochó a sí mismo—, ¡a mi edad!"

A lo largo del tiempo había ido aprendiendo los hábitos de aquella familia. Venían a refugiarse bajo ese techo muy de vez en cuando, una vez en verano, otra en invierno, y se quedaban sólo dos o tres semanas. Ahora hasta les entendía. Acumular tontería sobre tontería, ésa era la esencia de su conversación. No sabían lo que les esperaba. En general, no les tenía miedo. Y ellos solían dejarlo en paz. Lo que hacía peligrosa su situación momentánea era la presencia de la niña. Había que ver la clase de disparates que una cría podía lograr hacer a aquella especie de sangre caliente.

El más apestoso de los hombres levantó de pronto a la niñita, que sin duda era hija suya; los pies de ambos exhalaban el mismo olor intenso. Entonces una de las mujeres señaló con el dedo que un instante atrás hurgaba furtivamente en sus narices y gritó: "¡Un alacrán!"

El escorpión corrió con la cola en alto un buen trecho, pero no el suficiente para llegar a alguna rendija salvadora. Los dos hombres que se pusieron a darle caza estaban borrachos; las mujeres, histéricas, se movían de aquí para allá. Uno lo golpeó con una escoba y lo barrió hacia el centro del cuarto. El otro cayó sobre él con un vaso de vidrio con restos de líquido rojizo con olor a fruta fermentada y a saliva. Una tras otra, las estúpidas caras se fueron acercando, para deformarse en el cilindro de vidrio y mirarlo blandir la cola con furia. Alguien dijo que debían matarlo. Era un peligro dejarlo vivir, sobre todo por la niña; parecía que estaban de acuerdo. Sin embargo, el sucio dijo: "Mi signo es el de la octava casa. Nunca he matado ningún escorpión y ninguno me ha picado. Vamos a mirarlo un rato, que son algo, y luego lo tiramos por el balcón (que salía de las rocas por encima del lago). Tardará días en volver a subir, si es que encuentra el camino de regreso".

Metieron un pedazo de cartón debajo del vaso, y así lo levantaron para ponerlo sobre una mesa de pino, donde ardía una lámpara de gas. Uno dijo que lo mejor sería quitarle el aguijón, que así podrían divertirse con él a sus anchas sin ningún peligro, pero el sucio volvió a oponerse. Siguieron bebiendo, y de pronto el alacrán dejó de formar parte de la conversación. Era como si se hubieran olvidado de él. Y las hormigas empezaron a aparecer, atraídas por los restos de comida y el azúcar con fermento desperdigados en el mantel. Una de las mujeres destripó con una uña dos hormigas a un lado de su plato, pero había muchas más. A ellas, nadie las defendió y muchas murieron. La niñita, que había sido llevada a uno de los dormitorios, dio un alarido, y las mujeres se levantaron de la mesa para ir en su auxilio. El olor de sus excrementos llegaba de vez en cuando con las ráfagas de viento hasta el comedor. Los hombres no se movieron, siguieron bebiendo y hablando, hasta que aun el viento se cansó. Las olas del lago que iban a morir contra las rocas de la orilla era lo único que podía oírse por debajo de las voces que no dejaban de repetir tonterías. El escorpión no podía levantar el vaso para escapar, por más que forcejeaba. Al fin también las voces se fueron cansando, los hombres se levantaron, y la mesa quedó a disposición de las hormigas, que eran interminables. Hicieron desaparecer las migajas de pan y los trocitos de queso y verdura, y luego comenzaron a formarse alrededor del vaso, donde seguía prisionero el escorpión. Las primeras que lograron pasar entre el cartón y el borde del vaso fueron muertas por las tenazas y los aguijonazos del señor de la octava casa, pero en pocos minutos había demasiadas, y avanzaban en formación de media luna sobre el viejo escorpión.

A la mañana siguiente una de las mujeres vio el vaso y lo llevó al balcón para dejar caer los restos, con las hormigas que todavía estaban devorándolos y que se dispersaron con el viento.

"No volverá", pensaba el escorpión en lo alto, contento porque al fin tendría un lugar sólo para él.

Otro zoo

Fue como si supiera exactamente adónde tenía que ir,
como si se hubiera tratado de una cita. Alzó el brazo para
tomarme de la mano, tiró suavemente —casi todo lo hacía con suavidad— y yo la seguí. Me condujo hasta el automóvil de su madre, que estaba ausente, y le ayudé a subir
y a sentarse en la silla infantil.

—Al zoo, entonces.

—Sí —dijo—. ¡Águila! ¡León!

El zoo parecía desierto. Solo, en mitad de la calzada
principal, un barrendero empujaba un bote de basura con
ruedas de caucho. Ella me había soltado la mano, corría
delante de mí por la ancha calzada hacia las jaulas de los
felinos, y su figurita entraba y salía de las zonas de sombra bajo los jacarandás y un majestuoso matilisguate en
flor. La calzada, al principio, era recta; no había peligro
de perdernos de vista. Era media mañana, una mañana
medio brillante, medio nublada de finales de mayo, y el zoo
—observé de nuevo— estaba vacío. Me detuve un momen-

to y miré a lo alto (los retazos de cielo entre las ramas recargadas de flores) y luego miré a derecha y a izquierda. Un zumbido vasto como de chicharras en el campo. Ninguna tropilla de niños de escuela, ninguna familia con bebés, ninguna pareja de amantes o enamorados. A mi derecha, más allá de una profunda fosa, un elefante viejo se rascaba parsimoniosamente un costado con el tronco de una ceiba cuya forma sugería la pata de un ave fantástica, su cuerpo oculto tras las nubes bajas que cubrían el cielo. Volví a mirar calzada abajo, y sentí mil punzadas de espanto en la espalda, en los brazos, en las manos. Yo estaba completamente solo en la vía de asfalto negro salpicada de flores lila y rosadas. Entrecerré los ojos (padezco miopía), pero no la veía en ninguna parte. Eché a correr hacia adelante, gritando una y otra vez su nombre. A mi izquierda, las garzas y los flamencos dormidos sobre una sola pata, los cocodrilos inmóviles y el hipopótamo permanecían indiferentes a mis llamados. Intenté gritar más alto, lancé gritos en todas direcciones; hacia la jaula de los monos, de los venados, los búhos, los quebrantahuesos y las águilas, pero nadie contestó.

A sus dos años y meses –pensé– estaba gastándome una de sus primeras bromas. Esconderse había sido, ya poco antes de que comenzara a hablar (aún hablaba sólo media lengua), uno de sus juegos favoritos. Tenía que tratarse, esta súbita desaparición, de un juego –razoné– y dejé de correr. Volví a llamarla. Ya estaba bien (amenacé a gritos), si no aparecía en ese instante, la dejaría allí. Pocos minutos más tarde comencé a rogarle que respondiera. Seguí andando. A cada paso miraba a uno y otro lado, como enloquecido, y hacía constantemente esfuerzos para no ponerme a llorar. Había llegado al límite occidental del parque, y estaba frente a la jaula de los tigres de bengala. Las cercas, comprobé con alivio, eran altas y seguras y parecían imposibles de saltar. Los grandes felinos le fascinaban, y la idea de que hubiera querido acercarse demasiado no dejaba de preocuparme. Pero no había razón para alarmarse todavía. Estaría oculta por ahí, tal vez en un sitio adonde mis gritos no llegaban con suficiente fuerza. Miré hacia atrás; a un lado de la calzada había una hilera de quioscos, varios juegos infantiles, ventas de comida, puestos de fotógrafo. Fui hasta allí, y anduve alrededor de cada negocio, llamándola sin cesar. Tomé un sendero lateral, me dirigí hacia las espaciosas jaulas de los leones. Dos o tres machos estaban tendidos sobre la hierba, semidormidos en la luz blanca de aquella mañana que comenzaba a arder. En el recinto vecino, formado por una depresión, dos jaguares jóvenes jugueteaban a la orilla de un estanque, con perfecta indiferencia a mis gritos de bestia humana. No se podía ir más allá, de modo que di media vuelta. Casi sin darme cuenta, sin fuerzas, caí hincado de rodillas en el cemento húmedo, y lloré, hasta recé. Pero mi llanto duró poco; me puse de pie de un salto y eché a correr hacia la entrada, sin dejar de mirar a todos lados, sin dejar de llamar su nombre una y otra vez.

Ahora tanto la calzada principal como los senderos laterales se habían llenado de gente. Bandas de niños y niñas se amontonaban ante las jaulas, los juegos mecánicos, los caballitos de fotógrafo. Madres y padres empujaban calesas o carritos, los amantes se besaban bajo los árboles o recostados en las vallas; nadie la había visto.

Llegué jadeando a la entrada, donde estaba la taquilla y el portón de rejas más allá del cual se amontonaban escolares de todas las edades, que hacían cola para comprar entradas. Abriéndome paso entre grupúsculos de niños, expliqué a gritos a los vendedores de boletos la desaparición de mi niña y pregunté si no la habían visto. Eran dos vendedores, y ambos estaban atareados dentro de sus casetas de vidrio oscuro y hormigón; las sinuosas colas de gente se prolongaban hasta perderse de vista más allá del estacionamiento de autobuses escolares.

No la habían visto, contestaron los dos, con simpatía profesional. Aseguraron que, de haber salido, sólo pudo hacerlo por una puerta, donde había un guardia a todas horas. Tal vez ella estaba allí, esperándome, pensé. Y me precipité hacia la puerta de salida. Pero allí sólo estaba un viejo guardia de uniforme color plomo y ojos nublados con cataratas. No la había visto salir, me dijo; sugirió, señalando un teléfono público, que llamara a la policía.

Una voz femenina me atendió inmediatamente, pero pasó un cuarto de hora antes de que pudiera explicar por qué llamaba. Enviarían una patrulla, me aseguró la mujer.

—Aparecerá —me dijo el viejo guardia del zoo.

Volví a recorrer el parque, por la calzada primero y luego por los senderos laterales. Ya no gritaba, pero miraba a todos lados y sin duda tenía cada vez más el aspecto de un loco. De pronto, entre un grupo de niños indios que comían algodones de colores eléctricos, su cabecita negra, redonda, apareció mágicamente, a unos diez pasos de mí. Con los ojos húmedos de felicidad, corrí para alcanzarla, pero caí de nuevo en la desesperación al ver que, aunque ésa *era* su cabeza (y a mí me parecía única, perfecta) la niña no era ella. Este fenómeno alucinatorio ocurrió varias veces a partir de ese momento.

La luz había cambiado. El sol de mayo estaba en el cenit, y el cielo gris por encima de las copas de los árboles era como una vasta plancha caliente que quería aplastarnos. Los animales que hacía poco estaban a la vista, casi todos se habían refugiado en el fresco de sus guaridas ficticias. No sé cuántas veces habré pasado frente a la jaula de los pizotes, de los mapaches, de los micoleones —pensando una y otra vez que estaban ahí porque un día, de pequeños, habían sido capturados por hombres, y que, como mi hija, desaparecieron de su mundo como por arte de magia.

Un agente de policía me detuvo cerca de la jaula de las águilas. Traía bajo el brazo un cartapacio, de donde sacó una libreta de apuntes y un bolígrafo. Muy serio, con un rostro sin expresión, me interrogó de manera formal. Después de tres o cuatro preguntas, yo me sentía responsable del extravío de —como él insistía en llamarla— "la menor". Tuve que mostrarle papeles. No tenía conmigo una foto de mi hija —nunca la llevé conmigo, por superstición—, y esto parecía causarle desconfianza.

—Pero es un bebé —le dije—. Tiene apenas dos años.

Quería saber dónde estaba la madre.

—De viaje —dije.

—¿Por dónde?

—En España.

—¿Por qué motivo?

No contesté inmediatamente.

—¿Trabajo? ¿Placer?

Negué con la cabeza.

—Fue de peregrinación —le dije—. Es religiosa.

—Explíquese —exigió el policía.

—Es muy devota. Anda en una romería —expliqué—. Fue a visitar un sitio santo que hay en España. Compostela. Santiago de Compostela.

—Muy bien. Ya tiene algo por qué pedir —dijo en tono de broma—. ¿Pero ya la puso al tanto? Tiene que avisarle pronto, hombre.

—Claro. Pero... Creí que ustedes me ayudarían a encontrarla.

—Sí, señor. Queremos ayudarle. Primero, vamos a avisar a los periódicos, si le parece. Necesitamos una foto de la niña.

Asentí.

—En casa tengo una, pero yo preferiría esperar, seguir buscando ahora mismo, mientras las huellas están frescas.

—Usted dirá —hizo una pausa—. Voy por los perros. ¿Tiene algo que pueda darnos con el olor de la niña?

Lo tenía: un sombrerito de tela y un chupete, que guardaba en un bolsillo de mi pantalón.

—A ver —dijo, extendiendo la mano para recibirlos. Los metió en una bolsita de plástico con cremallera de presión, que guardó en el cartapacio—. Para los perros —explicó. Cerró su libreta de apuntes. Me miró fijamente, con recelo—. Volveré enseguida con los perros. ¿O me acompaña? —preguntó.

—Seguiré buscándola.

El policía miró a su alrededor.

—Con este gentío... —dijo—. Buena suerte. A veces aparecen, sin más —hizo una pausa, sonrió como un tarugo—. En pedacitos.

—No veo el chiste —dije.

Mirando al suelo, pidió disculpas rápidamente. Luego me dio su nombre (era sargento) y el número de su patrulla.

—No se apure más de la cuenta antes de tiempo, y no se aleje mucho sin notificarnos. Si la halla, nos llama.

Lo vi alejarse, a paso bastante rápido, y desapareció entre la muchedumbre cerca de las taquillas.

Una vez más, la luz cambiaba. Una brisa fresca había comenzado a soplar desde el norte, y las nubes se dispersaban para dejar visibles zonas de cielo azul. Volví a hacer la ronda de las jaulas, gritando el nombre de mi hija de vez en cuando, de manera casi maquinal. Miraba con envidia las parejas de venados, de monos, de ocelotes, de jaguares, y los ojos de sus crías me hacían pensar en los de ella. Las fieras estaban dentro, pero era yo el que iba y venía del otro lado de los barrotes, sin conciencia del tiempo.

De pronto había poca gente en el parque, y los gritos de los pájaros se oían claramente por encima de los gritos de los niños. Recostado en el tronco de una ceiba, lancé un grito –a medio camino entre el rugido y el sollozo– hacia lo alto, un sonido que brotó con todas mis fuerzas desde mis entrañas. No hice caso de las miradas de extrañeza o de espanto de los paseantes. "Al infierno con todos", pensé.

Un poco más tarde, el sargento volvió acompañado por otro policía, un hombre joven de piel clara y ojos grises, con dos pastores alemanes en una cuerda doble. Pidieron que los llevara a mi auto, para que los perros siguieran el rastro desde ahí. Los pastores subieron al auto y comenzaron a husmearlo todo: las alfombras, el volante, los asientos y los vidrios, donde la niña había dejado impresas huellas de sus manos enmeladas, y donde ahora quedaron restregones de narices mojadas y lameduras. Por fin, el joven policía sacó los perros del auto, y les dio a oler el gorrito y el chupete. Pronunció una orden de busca, y los perros, con los hocicos pegados al suelo, nos guiaron directamente a la entrada del zoo. Pasamos por el mismo torniquete por donde mi niña y yo habíamos entrado más temprano.

El parque iba quedando vacío, y las sombras se alargaban sobre la oscura calzada de hormigón. Los perros resollaban delante de nosotros, tirando de sus cuerdas con impaciencia, y miraban de vez en cuando, con una curiosa intensidad, a derecha e izquierda, donde estaban los animales enjaulados. De pronto, ambos se detuvieron, y uno de ellos, que era completamente negro, dejó escapar una serie de aullidos extraños. El otro perro, como amilanado, se echó a los pies de su amo, en silencio, con los ojos entrecerrados y la lengua fuera. Los policías se miraban entre sí. El sargento se quitó la gorra, se rascó la nuca, y por fin habló.

—Es muy raro —me dijo—. Parece que el rastro acaba aquí. ¿Es aquí donde la vio por última vez?

Estábamos bajo la sombra del gran matilisguate, y los pétalos color rosa de sus flores recién derramadas, pisoteadas por innumerables pies, formaban una especie de alfombra sangrante sobre el hormigón. Las poderosas raíces del árbol se retorcían por la superficie del suelo, y habían resquebrajado la argamasa aquí y allá, como en las ruinas de una civilización extinta.

—Aquí mismo, no comprendo —dije, y miré a mi alrededor, al suelo y a lo alto, donde las nubes disgregadas cobraban ya los colores del atardecer—. No comprendo —repetí.

El perro negro no dejaba de describir círculos alrededor del sitio donde se perdía el rastro de la niña. El otro perro, que seguía echado, se levantó rápidamente, y, relamiéndose el hocico, gimió.

—Señor —me dijo el sargento—, por ahora, parece que no podemos hacer nada más. Lo siento. Comuníquese si surge algo —por primera vez, sentí que me compadecía—. Estamos a sus órdenes —agregó.

—Voy a quedarme aquí un rato más —le dije. "Hasta que cierren, por lo menos", pensé.

Los policías se despidieron, y los vi alejarse con sus perros hacia la salida del zoo. Me senté en un banco de piedra al pie del matilisguate, frente al lugar de la inexplicable desaparición. Preguntándome a mí mismo cuánto tiempo pasaría antes de que los guardias llegaran a expulsarme (el parque estaba otra vez desierto), junté las manos detrás de la cabeza y me recosté en el frío respaldo del banco. Cerré los ojos para ver a mi hija en la imaginación. Pensé con tristeza que tal vez esa mañana, mientras corría delante de mí por la calzada, la había visto por última vez –pero me equivocaba, parcialmente.

Recordé palabras y frases que ella sabía pronunciar. Cuando abrí los ojos era casi de noche. Ya no se veía a nadie, y en una de las garitas de entrada habían encendido una luz. Las exhalaciones animales se movían con una brisa fresca en el aire. El olor áspero de los carniceros peleaba con el olor familiar de los rumiantes. De pronto se oyó el llamado de algún búho, y un poco más tarde el grito demente de un ave nocturna que yo no había oído nunca.

En el fondo occidental de la calzada algo se movió. Era el barrendero, que empujaba su carrito lentamente. Venía hacia donde yo estaba sentado, con una melena gris que le llegaba hasta los hombros, y me miraba con fijeza. No podría describir lo que sentí en ese momento; escribo "miedo irracional" porque no encuentro términos más apropiados para hacerme comprender. Como ocurre a veces en los sueños, fui consciente de que, por más que lo intentara, no podía separar las manos, que tenía entrelazadas en la nuca, ni volver la cabeza, ni aun cerrar los ojos para dejar de ver al barrendero. Quise gritar, y llegué a creer que, en efecto, soñaba. De mi boca, que se abrió por fin, no salió ningún sonido. Se oía el chirriar de las ruedas del carrito de basura, un carrito hechizo —un viejo barril de combustible montado en una armazón de metal, con dos chapuces de ruedas desiguales—, y a cada chirrido, un escalofrío me recorría la espalda.

El barrendero vestía un sobretodo negro, desgarrado en jirones por el ruedo, y grandes botas de hule. Su pelo, muy grasiento, no parecía cabello humano, y su cara enjuta era la de un idiota. Se había detenido frente a mí y me miraba fijamente con dos ojitos negros que parecían alegres. Dijo con voz aflautada:

—Buenas, jefe.

No atiné a responder, emití un sonido incoherente. Pero superé el ataque de inmovilidad involuntaria. Me incorporé en el banco, moví la cabeza para saludar.

—Aquí —dijo el barrendero— traigo algo para usted.

De su boca, además de las palabras, brotó un olor a metal caliente. El barrendero rodeó su carrito. Con una gravedad estudiada, como de viejo mayordomo, y con una mano grande y huesuda, levantó la tapa del bote.

—Levántese —dijo (era una orden, pero la dio con suavidad)— y venga a ver.

Lo miré a los ojos. Aunque ya había anochecido pude ver que sonreía. Apartó la mirada y, antes de volver por donde había venido, me dijo:

—Yo me voy, no me haga caso.

Lo vi alejarse despacio, y desapareció en la oscuridad.

Sentía mis propios latidos, demasiado fuertes, y dejé pasar varios segundos antes de ponerme de pie. Por fin me levanté, di dos o tres pasos, y miré dentro del bote.

Había un montón de paja seca y hojas muertas, envoltorios de golosinas, bolsitas de papel. Me incliné sobre el bote y aparté la basura con una mano, y entonces vi lo que había estado esperando ver, lo que no me había atrevido a esperar: la cara de mi niña. Tenía los ojos cerrados, pero los abrió.

Me parecía absurdo (y lo era) encontrarla así. Extendí los brazos para sacarla del bote, la estreché con fuerza contra mi pecho, y sentí sus bracitos que me rodeaban el cuello.

—Pero, mi niña —atiné a decir por fin, relajando el abrazo y apartándola un poco de mí, para mirarla bien—, ¡qué pasó!

Me di cuenta entonces de que se había estirado varios centímetros desde la mañana, y estaba bastante más delgada. *Sentí* que todo había sido un sueño. La puse en el suelo, me arrodillé frente a ella. Se frotó la cara y habló.

—Vengo a despedirme —dijo—. No me volverás a ver.

Dije no con la cabeza, luego sonreí, confundido. Era imposible que en unas cuantas horas hubiera aprendido a hablar así; además, su voz no parecía natural.

—Tonterías —le dije, y quise abrazarla de nuevo, pero me rechazó.

—¡No, papá! Tienes que darte cuenta, he crecido, y puedo hablar —dijo con esa voz rara—. Sé que no es fácil, pero tienes que reconocerlo, he estado en un sitio en el que tú no has estado y al que no podrás ir nunca, y dentro de poco tengo que volver allá —lanzó una mirada rápida hacia el sol poniente—. Pero no quiero que estés triste, por eso pedí venir.

Quise interrumpirla, decirle que todo eso era inaceptable, una pesadilla. La tomé de una mano.

—Óyeme, por favor —me cortó—. Tenemos poco tiempo y sé que no puedo explicar lo que pasó ni lo que está pasando pero lo voy a intentar —hablaba muy deprisa ("Una grabación", pensé. "¡Suena como una grabación!")—. Me han llevado a un lugar extraño unos seres extraños, un lugar muy lejano con un cielo diferente sin luna ni sol —hizo una pausa—. Necesitan agua, mucha agua, agua de aquí pero no de ahora, y antes de que ustedes acaben con el agua vendrán para dominarlos o destruirlos. Pero ni tú ni mamá sufrirán si eso sucede porque si sucede será en el siglo treinta y ustedes habrán muerto mucho antes.

—Pero qué dices, qué tonterías dices, niña. Vamos, ven —intenté tomarla en brazos de nuevo.

—¡No! —gritó.

Solté su mano. Quería convencerme a mí mismo de que soñaba, y decidí dejar que siguiera hablando, mientras lograba convencerme. Ella siguió; ahora su voz parecía humana:

—Por favor, no estés triste. Ahora vivo en un lugar parecido a éste, donde nos hemos divertido tanto. Me tratan bien. Es cierto que tengo poca libertad, y eso no me gusta, pero me dan techo y comida. Hasta tengo un compañero, otro niño más o menos de mi edad. Crecemos juntos, y es posible que más tarde le dé un hijo.

—Pero, niña, vámonos a casa y déjate de babosadas.

Volvió a rechazarme; esta vez se puso rígida, como si algo la asustara, y miró a su alrededor.

—Ni lo intentes —advirtió—. Me pusieron esa condición y yo acepté.

—¿Condición? ¿Qué condición?

—No intentar volver a casa. Y con esa condición me permitieron regresar a despedirme.

Sacudí la cabeza.

—Pero yo no la acepto. Tendrán que impedírmelo —dije, con la voz empañada—, ¡tendrán que venir a impedírmelo!

Intenté abrazarla de nuevo, pero me repelió con una fuerza inesperada.

—¡Por favor! —suplicó.

Me levanté, di un paso atrás, me dejé caer en la banca. "De todas formas —razoné ya sin esperanzas— tarde o temprano algo así iba a suceder. Es destino de padres perder a los hijos."

—Bueno, si me lo pides —le dije.

—Gracias —asintió con una sonrisa, y se acercó a darme un beso en la frente.

—¿Y qué voy a decirle a tu mamá? —se me ocurrió preguntar. Sentí un dolor que no era sólo físico.

—Dile que estoy bien. Dile... —dudó un momento—. Dile que me llevaron los ángeles, los ángeles de Dios.

Pensé: "Nadie me creerá".

—Y ahora debes irte —dijo—. Volverán por mí.

—¿Es lo que quieres, volver a ese lugar?

—Sería inútil resistir —me aseguró.

De modo que volví a abrazarla y la besé varias veces —besé su cabecita perfecta, sus suavísimas mejillas, sus párpados, y una sola vez, su boca.

Sin llorar, y sorprendido porque me faltaba el llanto, me puse de pie. Anduve despacio por la calzada hacia la salida del zoo. Antes de salir me volví para mirar atrás por última vez, pero en la oscuridad la calzada parecía desierta. Seguí andando hacia el auto, un paso ahora, otro después —mis pies pesaban más a cada paso, como si cada instante fuera un año. Al abrir la portezuela me vi fugazmente reflejado en la ventana, y sentí un consuelo inesperado al comprobar que en el espacio de aquel día larguísimo en el zoo mi cabellera que hasta entonces, salvando algunas canas, fue negra, se había puesto casi completamente blanca. Era como la confirmación de que mi hija no me había visitado en sueños, de que su vida continuaría en otro mundo.

Ledig House, Nueva York, mayo del 2004

GRACIA

Gracia manejaba la hoz con la eficacia de un adulto. Hacía meses que, mañana tras mañana, cortaba hierba húmeda en un pequeño prado, propiedad de sus padres, para alimentar un cordero que pertenecía a su hermano mayor. Era cierto que Miguel le pagaba unos quetzales por hacerlo, pero ella no lo hacía por dinero.

—Puedes cuidarlo, si quieres. Te pagaré —le había dicho Miguel el día que llevó al cordero a casa y Gracia se enamoró de él—. Pero tendrás que ser constante. No me dirás de un día para otro que ya no vas a cuidarlo, que las cosas, cuando hay dinero por medio, no son así no más. Esto es un negocio.

Miguel, que aún no cumplía los catorce, era la clase de niño que siempre quiso hacer dinero. Tenía primos en la capital, y tanto los hermanos de su padre como los de su madre, y también sus abuelos, eran gente acomodada. Parecía natural que su sueño fuera dejar la provincia al alcanzar la mayoría de edad, y reintegrarse al mundo.

Pero para eso, lo sabía, era necesario tener más dinero, mucho más dinero, que papá. Constantemente cavilaba acerca de cómo enriquecerse; sabía que sin dinero le sería imposible ascender por la "resbalosa escalera social", como decía el tío Raúl, padrino de Miguel.

Sus padres, recién casados, habían emigrado de la ciudad a la lluviosa región de Alta Verapaz. Así, renunciaron al juego social y limitaron las posibilidades de aumentar sus ingresos, pero nunca vieron la "huida" al interior como un error. Habían escapado del ruido, el tráfico, los robos, los secuestros y la corrupción general que se habían vuelto moneda corriente en la capital. Eran dueños de dos colinas parcialmente cubiertas de bosque, con un arroyo de agua nacida en la misma propiedad, a pocos kilómetros de la pequeña ciudad de Cobán.

Fernando (*Nander*) Moreira, el padre, traficaba en cardamomo —lo compraba de los campesinos kekchíes para venderlo a comerciantes árabes. La madre, Ana, tenía un vivero de orquídeas, al que dedicaba las mañanas, y por las tardes daba clases de alfabetización en una escuelita pública administrada por religiosos.

Los corrales de Miguel —con los cuales el pequeño empresario contaba para empezar a acumular los fondos de su futura fortuna— estaban a unos cien metros de la casa, en una quebrada donde nacía el arroyo de los Moreira, que corría ruidosamente por un cauce pedregoso a la sombra de viejos encinos y cipreses.

Pedro, el factótum kekchí de los Moreira, que se hacía cargo de los animales de Miguel, fue quien enseñó a

Gracia a emplear la hoz y a cuidar del cordero. Él supervisaba, mañanas y tardes, sus tareas de pastora. Le ayudaba a recoger la hierba segada, a engavillarla en haces y a transportarla hasta los corrales.

Al oír el desagradable bramar de la moto todoterreno de Miguel que se aproximaba, Gracia dejó de cortar hierba. El motor se apagó, y oyeron la voz chillona pero autoritaria del niño que llamaba a Pedro desde lo alto de la quebrada con más urgencia de lo usual. Sin responder, Pedro se puso a recoger la carga de hierba para el día, y luego Gracia lo siguió por un sendero de barro entre rocas hacia los corrales. Cuando estuvieron a la sombra del viejo galpón que cubría parcialmente los corrales, Pedro llamó:

—¡Ohoy, don Miguelito, aquí estamos!

Miguel condujo con pericia la pequeña moto sin encenderla quebrada abajo hasta los corrales. Se quitó el casco color sangre; parecía excitado.

—¿Por qué no contestás? —le dijo a Pedro—. ¿O no me oías?

—Pero sí le contesté, don Miguel —Pedro se defendió.

—Te contestamos —dijo Gracia.

Miguel puso una mano en la cabecita de la niña, y endulzó la voz.

—Sube a la casa —le dijo a Gracia—. Mamá te está buscando.

Gracia se apartó de Miguel y fue a escoger un manojo de hierba, con el que entró en el corral del cordero. Puso la hierba en un pesebre, se acercó al animal, lo acarició, y antes de retirarse le dio un beso en la frente, a lo que el cordero respondió lamiendo con su lengüita blanca y áspera la cara de la niña.

—¡Oye! —exclamó Miguel—. Eso es una porquería, por lindo que te parezca, está lleno de enfermedades. Te hemos explicado lo caros que son los doctores.

Gracia dejó que el cordero terminara de lamerle la cara, salió del corral, cerró cuidadosamente la puerta, y comenzó a subir por el sendero, contando sus pasitos sonoros sobre el barro mojado. Alcanzó a oír que su hermano ordenaba a Pedro que bañara y cepillara al cordero (era la primera vez que Miguel ordenaba algo así) y esto la alarmó. Con su pequeña alarma de niña, llegó corriendo hasta la casa.

Ana estaba hablando por teléfono, mientras revisaba un fajo de papeles escolares, sentada a la mesa del comedor. Gracia pasó a la cocina. Lupe, la vieja cocinera, le sirvió agua en un vaso de plástico, y la niña volvió al comedor. Se detuvo a espaldas de su madre para escuchar.

"Claro que recuerdo a Si Abdalá, y no me cae mal, como parece que supones. ¿La fiesta del carnero? Ah, está bien. Sí, lo sé... —se rió—. Entonces los espero a almorzar."

Mientras su madre apagaba el teléfono y guardaba sus papeles en una carpeta, Gracia regresó a la cocina. Se quedó junto a la puerta batiente, contemplando los amplios vuelos de la falda kekchí de Lupe, que se mecían alrededor de sus piernas morenas y venosas, mientras con un cuchillo enorme cortaba la carne para el cocido.

No era la primera vez que el musulmán que llegó a almorzar en compañía de Nander visitaba la casa de los Moreira. Había estado allí un año atrás, pero Gracia no lo recordaba. Igual que para cada miembro de la familia, Si Abdalá traía un regalo para ella: un pequeño caftán de seda color rosa.

Tenía un marcado acento extranjero, pero su voz le gustó a Gracia, y mientras esperaban el almuerzo contó dos o tres historias que atrajeron su atención.

Luego los mayores hablaron de cosas mundanas y remotas, de lo absurdo de las guerras, del odio fratricida, inexplicable (¿pero lo era?), entre judíos, musulmanes y cristianos. Nander había abierto una botella de vino, y, después de servirle a su esposa, iba a servir al huésped, pero Si Abdalá puso una mano sobre su copa. Explicó que había vuelto a la verdadera fe. Ya no bebía vino ni nada que contuviera alcohol. Ana mostró su aprobación, y dijo que no estaría mal que Nander se volviera un poco musulmán.

Si Abdalá se puso serio. Con una vehemencia que dejó a la familia Moreira desconcertada, declaró que volverse un poco musulmán era imposible. Se era musulmán completamente, o no se lo era en absoluto. Si Nander —prosiguió Si Abdalá con celo religioso— deseaba convertirse, no tenía más que pronunciar la declaración de fe en Alá y en Mahoma, su profeta. Él, Si Abdalá, se vería honrado y complacido y ganaría —agregó— muchos méritos para la vida futura, después de muerto, si su buen amigo entraba en el islam.

–Mañana sería un día muy propicio para hacerlo, es nuestra gran fiesta –Abdalá se volvió hacia Miguel–. ¿Estará listo ese cordero?

Miguel alzó los ojos de su plato a Si Abdalá.

–Podemos ir a verlo cuando quiera.

–¿Qué cordero? –dijo Gracia–. ¿Mi cordero?

–El único cordero que hay aquí –dijo Miguel, sin mirarla.

Gracia le dijo a Si Abdalá:

–¿Quiere comprar nuestro cordero?

Si Abdalá asintió.

–Es para la fiesta, el Aïd el Kebir.

Gracia había oído la palabra "fiesta" tres veces aquel día; y aunque no sabía de qué fiesta se trataba, asintió como si hubiera comprendido.

–¿Por qué –dijo– la llaman la fiesta del cordero?

–Porque los sacrifican *en masse* –dijo Si Abdalá, sin percatarse de la mirada que Ana le lanzó.

Gracia quería saber el significado del verbo "sacrificar"; pero su madre, que se había puesto de pie, la tomó de un brazo.

–Tendrán que disculpamos –dijo–. Se nos ha hecho tarde para la escuela.

Mientras era arrastrada hacia el corredor, Gracia alcanzó a oír que Miguel preguntaba a Si Abdalá:

–Pero después de sacrificarlo, ¿se lo comen?

–Es la ley –respondió Si Abdalá.

La escuela quedaba camino de Carchá, un camino sinuoso que subía y bajaba entre colinas chinescas con bosques oscuros o cubiertas de milpa y cafetales. Había niebla, y Ana encendió los faros del auto. La niña quería saber por qué tenían que sacrificar a su cordero. Ana sabía que no podría eludir la cuestión; Gracia era una niña obsesiva.

—Miguel —dijo la pequeña— no es bueno.

—No digas eso de tu hermano. No olvides que para él es un negocio. No lo hace por maldad.

—Todo lo hace por dinero.

Ana se limitó a decir:

—Es un asunto muy complicado.

—¿Por qué hay que sacrificar un cordero?

—En este caso, por religión.

—¿La religión de Si Abdalá?

—Sí.

—¿Es diferente de la nuestra?

Ana asintió.

—Es parecida, en principio, pero es distinta.

—¿En qué se parece?

—Bueno —dijo Ana con cautela—, tenemos el mismo Dios.

—¿Pero nuestro Dios no nos pide que matemos un cordero?

—Sí. Bueno, no. No literalmente.

—¿Literalmente? —repitió Gracia.

Ana se sonrió.

—Es una historia muy complicada.

—A ti todo te parece complicado —Gracia le reprochó.

Ana pensó en explicar a la niña la historia de Abraham, su hijo y el carnero. ¿Pero había manera de *explicar* aquella historia a una niña naturalmente cariñosa y perdonadora?

Llegaron a la escuela —un feo edificio de bloques y lámina en forma de U— bajo una llovizna espesa. Ana acompañó a la niña hasta el ala de párvulos, y se dirigía a su clase de alfabetización, cuando vio al padre Domingo, que deambulaba, rosario en mano, hacia el fondo del corredor.

Fue una tarde fría y lluviosa, y en el aula donde Gracia recibía la lección de aritmética había goteras. Para evitar que el pupitre de la niña se mojara, la maestra lo había empujado hacia uno de los muros laterales, donde había un anaquel raquítico con una serie de frascos de vidrio con animales y fetos conservados en formol.

¿Por qué había querido Dios que ese cervatillo no naciera? ¿Por qué había querido que aquel pájaro fuera disecado? ¿No tenía Él nada que ver en todo esto?

Gracia, que estaba distraída con preguntas así, se sorprendió al oír su nombre. El padre Domingo había entrado en el aula, hablaba de ella con la maestra. Quería llevársela un momento; la maestra llamó a Gracia y le dijo que se fuera con el padre.

—Se la traigo pronto —dijo el padre a la maestra, mientras daba a Gracia palmaditas en la espalda—. Vamos.

En efecto, en el despacho del padre Domingo, el guía espiritual, se estaba mejor que en clase. En días como aquél, mantenía encendida una estufa, y había un deshumificador conectado a la pared. El padre invitó a Gracia a sentarse en una sillita de mimbre carcomida por el moho en un rincón, y él fue a sentarse al otro lado de un gran escritorio de metal oxidado.

—A ver, hija mía —comenzó—. Me ha dicho tu madre que te encuentra un poco confundida.

Gracia sacudió la cabeza.

—Tal vez yo pueda aclarar tus dudas. ¿Qué te inquieta?

—Nada —Gracia apartó los ojos de la cara del guía espiritual.

—Está bien, está bien —dijo él—. No pasa nada.

El cuarto olía ligeramente a moho, a humo de cigarrillo y a orines. Gracia quería salir de allí.

—¿Puedo regresar a clase? —preguntó.

—Un momento —dijo el padre—. Hay algo que quisiera contarte —hizo una pausa—. ¿Conoces la historia de Abraham? Un día, Dios pidió a Abraham que le diera a su único hijo en sacrificio.

—¿Que lo matara? —dijo Gracia, inmediatamente interesada.

—Eso es, que lo sacrificara.

—*¿Por qué?*

—Para poner su fe a prueba.

—¿Sólo para eso?

—Sí. Y Abraham obedeció.

–¿Lo mató, a su hijo?

El padre se sonrió.

–Bueno, no, pero –dijo.

Y siguió contándole a la niña la historia del carnero enredado en el zarzal. Al terminar, preguntó:

–¿Y ahora, has comprendido?

La niña guardó silencio, y sólo cuando el padre repitió la pregunta, negó enérgicamente con la cabeza.

–¡Alma mía! –exclamó el padre, a punto de perder la paciencia; se contuvo y agregó–: Más adelante entenderás.

Camino de vuelta a casa, Ana quiso conversar con Gracia, pero evitaba su mirada y Gracia se negaba a hablar.

–Pero, mi niña –le dijo Ana–. ¿Con quién estás enfadada? –se rió–. ¿Con Dios?

Anochecía y el cielo, que se había despejado, se pobló de estrellas rápidamente. Gracia dijo:

–No quiero que maten a ese cordero. Esa historia de Abraham fue hace demasiado tiempo. Y mira desde entonces todo lo que ha pasado.

–¿Qué?

–Lo que decían Nander y el árabe.

–Ah, sí –Ana la miró con satisfacción–. No se te ha escapado nada.

–Tal vez habría sido mejor que no mataran al cordero.

Ana alargó un brazo, para tocar a Gracia, que estaba tensa. Le apretó una manita fría y empapada en sudor.

—Dime lo que estás pensando. Yo te entiendo.

Al cabo de un rato:

—Me da miedo ir al infierno.

—Dios no permitiría que una niña como tú se fuera al infierno.

La niña se rió con un resentimiento extraño. No dijo nada más en el camino, pese a que Ana intentó hacer conversación, ensayando diversos temas.

Estaban los cuatro sentados a la mesa en silencio, algo inusual en casa de los Moreira.

—No fue un ángel —dijo Nander— sino una banda de ángeles lo que acaba de pasar.

Sólo Ana se rió con el chiste, aunque sin muchas ganas.

—Miguel —dijo Ana un poco más tarde; pero Miguel no alzó los ojos de su comida—. Miguel, ¿me vas a escuchar?

Miguel negó levemente con la cabeza.

—¡Miguel! —exclamó Nander—. Pon atención a tu madre.

Miguel dirigió a su madre una mirada desafiante.

—Ya sé lo que vas a decirme —comenzó—. Pero el trato está hecho. Y Si Abdalá ya me pagó. No puedo echarme atrás —miró a Gracia—: Te voy a pagar por el tiempo que no cuidarás el cordero. Trato es trato, es lo que digo, y quedamos en un año. Te pagaré seis meses más.

—¿Cómo los matan? —preguntó Gracia.

—No sufren —dijo Nander.

—Depende —dijo Miguel—. Si el sacrificador es un experto, de un tajo corta las dos yugulares y la tráquea

—para ilustrar sus palabras, tomó un cuchillo, hizo el movimiento fatal—. Pero siguen pataleando un rato, mientras se desangran.

—¿Ambas yugulares? —dijo Nander, tanteando un tono ligero, para aplacar a Miguel—. Yo creía que había sólo una.

Miguel lo contradijo, alzando la voz:

—Lo he leído en internet. Hay miles de artículos ahí sobre el Aïd el Kebir y los sacrificios de carneros. En algunos países se han vuelto un problema.

Gracia se levantó de la mesa bruscamente con su plato a medias para llevarlo a la cocina. Aunque tal conducta estaba prohibida en la mesa de los Moreira, Ana no se atrevió a detenerla, y con una mirada calló a Nander, que estaba a punto de protestar por el desplante.

Sin dar las buenas noches, Gracia subió al segundo piso y fue a encerrarse en su cuarto. El caftán, regalo de Si Abdalá, estaba extendido sobre su cama. Gracia tomó el caftán, hizo una bola con él. Se acercó a la ventana, abrió de par en par los postigos, y lanzó fuera el caftán. Luego atrancó los postigos, como su madre le había enseñado a hacerlo las noches de tormenta, y se arrodilló a la cabecera de su cama, donde colgaba un crucifijo. Alzó los ojos y, juntando las manos, pidió a Dios que la aceptara a ella como víctima, a cambio del cordero. "Llévame en lugar de él", repetía.

Después de rezar el padrenuestro, con una calma de pequeña mártir se puso de pie, se cambió de ropa, y se metió en la cama. Volvió a pedir a Dios que la aceptara como víctima. Apagó la luz de su mesa de noche, cerró los ojos, y se durmió.

Ana estaba regando las plantas del corredor temprano por la mañana, una mañana oscura y fría, cuando oyó un ruido de neumáticos que se acercaba a la casa por el camino de grava. Era el Mercedes-Benz negro de Si Abdalá.

Si Abdalá bajó del auto, y Ana vio que estaba vestido a la usanza musulmana, con un albornoz blanco, inmaculado. Parecía realmente —Ana reflexionó con un alivio absurdo— un patriarca de la antigüedad. Dejó la regadera en el suelo, y bajó del corredor para ir a saludar al musulmán.

—*Salam aleikum* —dijo solemnemente Si Abdalá.

—Buenos días —dijo Ana—. Qué elegante está esta mañana.

Si Abdalá asintió, impasible, como si le costara aceptar un cumplido que resultaba frívolo en aquella ocasión.

—¿Todo listo? —preguntó.

—¿Listo? —Ana vio entonces que Si Abdalá traía un cuchillo al cinto, y comprendió súbitamente—. ¿Pero no piensa sacrificarlo aquí?

—Disculpe, señora, si a usted le molesta, desde luego, me arreglaré para hacerlo en otro sitio.

—Es que no estaba enterada —dijo Ana—. Pero venga, pase adelante, tal vez quiere tomar un café. Voy a hablar con Miguel.

Si Abdalá se sonrió con un aire de indulgencia.

—No, gracias. Después, después lo acepto.

Ana se volvió hacia la casa, pero Miguel ya estaba a la puerta, y bajó las escaleras del porche de dos en dos para ir a saludar a Si Abdalá, quien repitió la pregunta:

—¿Todo listo?

—*Culshi mushud*—dijo Miguel, radiante—. Sólo hay que llamar a Pedro —se volvió y dio voces hacia unas matas de izote que ocultaban la choza donde vivía Pedro.

Pedro no tardó en llegar, con un costal al hombro y un ruido metálico de cacharros.

Si Abdalá miró su reloj.

—Es la buena hora —dijo—. Vamos.

Pedro a la cabeza, seguido por Miguel y Si Abdalá, y por último Ana, un poco rezagada e indecisa, bajaron por el sendero entre los árboles, donde los pájaros trinaban o gritaban y saltaban de una rama a otra, hacia el galpón de los corrales. Si Abdalá caminaba con gracia pese a su corpulencia y al terreno resbaladizo; su mano derecha, gruesa y velluda, descansaba sobre la cacha con inscripciones coránicas de su hermoso cuchillo. "Es ceremonial", explicó a Miguel, mientras el muchacho lo admiraba.

Bajo la vieja techumbre todavía estaba oscuro. Sin embargo, Ana alcanzó a ver cómo Pedro, que estaba ya frente al corral del cordero, dio dos pequeños saltos, como si fuera a iniciar una danza, y dejó en el suelo su costal.

No sólo el del cordero, sino también los otros corrales —el de los conejos, el de las gallinas, el de los tepeizcuintes y el de los pavos— todos estaban vacíos.

—¡*In-nal din!*—increpó sordamente el musulmán—. ¿Qué quiere decir esto?

Miguel corría de un lado a otro entre los corrales, mirando a todas partes en busca de alguna señal, alguna explicación.

Pedro se había quitado el sombrero, se rascaba la cabeza recién rapada.

—Por dónde se salieron —dijo—, si las puertas están cerradas, los candados todavía están ahí.

Ana no podía dejar de sonreír.

—Bueno —dijo—, digamos que se trata de un milagro.

Miguel no la escuchaba, estaba como enloquecido y seguía dando vueltas bajo el galpón.

—¡Fue ella! —dijo de pronto, y salió corriendo en dirección a la casa—. ¡La podría matar!

Ana lo llamó, pero Miguel no se detuvo.

Si Abdalá dejó escapar un resoplido de indignación.

Ana se volvió hacia él:

—No se preocupe, le devolveremos su dinero.

Si Abdalá gruñó.

—No es solamente eso —dijo, y volvió a consultar su reloj. Como hablando para sí mismo, agregó en voz baja—: Pero tal vez todavía hay tiempo.

Pedro se acercó discretamente al musulmán.

—Tengo un primo que no vive muy lejos —dijo—. También tiene corderos.

—¡Oh! —exclamó Si Abdalá—. *Hamdulá* —se volvió hacia Ana—. Si usted lo permite, iremos a ver a este primo de Pedro.

—Claro, claro —dijo Ana, y echó a andar sendero arriba. Si Abdalá y Pedro la siguieron.

Si Abdalá iba explicando a Pedro:

—Tiene que ser un macho, un macho sin castrar. La edad no importa tanto. Lo compartiremos con tu primo, y con tus parientes pobres. Es la ley.

—¿La ley? —preguntó Pedro.

—La ley del islam.

—Está bien, esa ley —contestó Pedro.

En lo alto del sendero, Ana se detuvo un momento, y se volvió para mirar a Pedro.

—El islam es perfecto —decía Si Abdalá, que caminaba con los ojos clavados en el suelo, previendo un resbalón—. Este país sería perfecto, si conocieran el islam.

Pedro asintió, y luego, al ver que Ana los observaba, sonrió enigmáticamente. Ana le devolvió la sonrisa. "¿Tal vez fue él?", pensó.

Nander estaba en el corredor, atándose el cinturón de la bata, con los ojos legañosos, despeinado.

—¿Qué está pasando? —preguntaba.

Pedro montó en el Mercedes-Benz de Si Abdalá, quien encendió el motor y arrancó sin saludar. El auto viró en redondo y las ruedas dejaron sus marcas en el camino de grava.

—Miguel está desquiciado —le dijo Nander a Ana—. ¿Pero adónde va Pedro?

Ana pasó a su lado, entró en la casa, y Nander la siguió.

Desde el segundo piso llegaban los gritos enfurecidos de Miguel. Daba golpes a la puerta de Gracia, la amenazaba ferozmente, pero la niña no contestaba. Ana y Nander corrieron escaleras arriba.

—¡Voy a romperte la cara! —decía Miguel—. ¡Abre la puerta ya!

Nander intervino:

—Miguel, te vas a tu cuarto ¡y ni un solo grito más!

Miguel hizo un puchero, pero obedeció.

Nander apartó a Ana para dar dos golpes recios a la puerta.

Nada.

Llamó a gritos:

—Contesta, Gracia. ¡Te lo ordeno!

Nada.

—Voy a romper la puerta —advirtió.

Desconcertados porque Gracia seguía sin responder, los padres se miraron entre sí. Bajaron al primer piso, salieron de la casa, comenzaron a rodearla. Colgado de una rama del árbol de lluvia a la ventana de la niña, y columpiándose levemente entre las grandes hojas tornasol, Ana vio por un instante el cuerpo de Gracia —y el terror hizo que ese instante durara para siempre— pero era sólo el caftán color rosa obsequio de Si Abdalá. Los postigos de la ventana estaban cerrados. Volvieron a llamar. Gracia no respondió.

Con pasos graves concluyeron la ronda de la casa, volvieron a entrar por la puerta principal. Nander bajó al sótano, donde guardaban cachivaches y herramientas, y subió con el hacha para partir la leña.

—Tendremos que echárnosla —dijo.

Ana comenzó a reír inconteniblemente.

"Está bien —se dijo a sí misma, serenándose—. Tiene que estar bien."

Ya segura del efecto de sus rezos, Gracia había permanecido inmóvil, acuclillada al lado de su cama sin atreverse casi a respirar, pensando que ahora debía morir por obra del mismo Dios.

Nander levantó el hacha, arqueándose hacia atrás, los ojos clavados en el punto donde asestaría el golpe, y entonces Ana vio la puerta que se abría: ahí, de pie, el miedo apenas superado, la manita alzada hacia el picaporte, estaba Gracia.

Finca familiar

1

El cambio de atmósfera había dado a los tres miembros de la familia una sensación de bienestar, como el inicio de unas vacaciones largas. Dejar el apartamento de la capital para instalarse en la vieja casona de Peña Colorada había parecido, sobre todo al niño, una mejoría. Pero pronto también él comenzó a resentir los efectos de la carencia de dinero. Porque fue por ahorrar dinero por lo que resolvieron mudarse a la finca familiar, que el padre se negaba a vender. Cuando la administraba el abuelo, que se llamaba Hércules como su nieto, fue una finca productiva —con su cuadra de caballos y su vaquería, sus cafetales, frijolares y milpas, además de los viejos bosques de pino y roble con los tres ojos de agua. Un decrépito garañón andaluz, que fue el orgullo del abuelo, y unas cuantas vacas flacas habían sobrevivido. Los cafetales ya no rendían (además el café se había abaratado tanto que no tenía sentido cosecharlo) y no había cómo pagar peones para cuidar las siembras. Únicamente los bosques, con los arroyos y torrentes que los regaban, seguían prosperando, mientras la pequeña familia se deslizaba lenta pero perceptiblemente hacia la pobreza.

"Vamos a quedarnos pobres", había repetido la madre de Hércules desde que el niño tenía memoria. Así que había crecido pensando que su destino era llegar a serlo. Tenía una imagen vaga y falsa de la pobreza (una casona oscura, muebles desvencijados, ratas) y la temía por instinto. El padre, en cambio, parecía no darse cuenta de nada. Recién llegados a Peña Colorada, se había puesto a trabajar en sus cuadros. Había hecho varios paisajes al óleo —vistas del perfil de la sierra que recordaba el espinazo de un estegosaurio— y celajes con las colosales formaciones de nubes que tarde tras tarde subían desde la costa y hacían pensar a Hércules en cataclismos y en seres fantásticos. Pero no había logrado vender ninguno últimamente (aunque pedía muy poco por ellos) y ya no tenía dinero para gastar en lienzos ni pintura.

Poco antes de la mudanza, al padre de Hércules lo despidieron de la agencia de publicidad donde había trabajado toda la vida. La razón, que Hércules descubrió mediante una conversación oída a medias (sus padres hacían sobremesa y no le oyeron entrar cuando volvía de la escuela): su padre se drogaba.

—Lo tomé prestado, ese dinero —se defendía él— lo devolví.

—Nadie dijo que te echaran por ladrón. Te echaron por drogadicto.

—Entonces —dijo él— me parece muy bien.

—Con tal que no nos matés de hambre.

El padre respondió con una risa nerviosa.

—Vamos a vivir de mi arte —dijo—. Y si no —se rió— pues habrá que trabajar la tierra.

—Si tuviera dinero —dijo ella— me gustaría divorciarme.

—Pero no tenemos ni para los timbres.

—Llegará el día.

—Ojalá.

Hércules pasaba casi todo su tiempo explorando las colinas cubiertas de bosques montado en el Gitano, el viejo garañón. En este oscuro ramal de la Sierra Madre había agua en abundancia —bajaba dando saltos por ruidosos arroyos blancos de espuma, o se estancaba en pequeñas pozas cristalinas, tan frías que te cortaban la respiración— donde Hércules abrevaba al caballo, mientras investigaba el interior de una pequeña cueva formada al pie de una cascada, o cazaba culebritas acuáticas, o simplemente se distraía escuchando el ruido del agua y las piedras.

El día que el niño conoció a Anastasia —una parienta lejana por parte materna— sus padres habían reñido. Reñían con frecuencia por cualquier cosa. Esta vez el motivo fueron las pastillas contra la migraña de la madre. Él había olvidado comprarlas durante su último viaje al pueblo. (El auto familiar estaba descompuesto y no podían repararlo por falta de dinero, de modo que para hacer el viaje solían esperar a que algún vehículo de las fincas que estaban valle abajo subiera al mercado los jueves o los domingos.) La madre había perdido los estribos y lanzó toda clase de insultos. Él se levantó de la mesa, donde desayunaban, fue a encerrarse en el cuarto de baño. Hércules lo siguió hasta la puerta, y pronto lo vio salir, sonriente.

—¿Qué estabas haciendo?

—Limpiándome los mocos, niño —le dijo su padre, y le dio dos palmadas en la espalda.

—¿No te da vergüenza? —preguntó la madre cuando Hércules y su padre volvieron a sentarse a la mesa—. De seguro te gastaste el dinero (el poco que aún obtenían semanalmente con la venta de la leche) en esa porquería. De verdad.

—Dejame en paz —dijo el padre, cerrando los ojos. Se puso de pie una vez más—. Ahora mismo voy por esas vainas.

—¿Y cómo vas? —preguntó la madre, suavizando un poco la voz.

—¿Cómo? ¡Pues andando!

—¿Hasta el pueblo?

Él no contestó. Salió de la cocina para subir a su cuarto. Poco después le oyeron bajar de nuevo y salir de la casa con un portazo.

El niño dirigió a su madre una sonrisa triste.

—¿Qué tanto me mirás? —le dijo ella.

Ya no era joven, y alguna que otra arruga mal puesta en la comisura de los labios o en la barbilla comenzaba a menoscabar su belleza, sobre todo últimamente, que no tenía dinero para cremas. Pero Hércules admiraba su aire trágico.

—¿Estás bien? —se le ocurrió decir. Ella hizo una mueca de impaciencia.

—Me enferma —dijo, con los ojos en el sitio que el padre había dejado vacío. Repitió—: Me enferma, de verdad —volvió la cabeza para mirar por la ventana: las macetas colgantes, las campanillas, los móviles de barro y de metal.

Hércules hacía pelotitas con unos restos de pan sobre el mantel. Probablemente su madre querría acostarse a dormir otro poco, lo que hacía con frecuencia después de desayunar (y lo que era motivo de disgusto para el padre, que solía decir que eso *también* era mal ejemplo), o tal vez quería hablar con alguien por teléfono y prefería que Hércules no estuviera por ahí para poder conversar con libertad.

Fue a ponerse las botas de montar y bajó a la caballeriza, que estaba en una hondonada no muy lejos de la casa, junto con la vaquería y la vivienda del mozo, Santos, un hombrecito enjuto y taciturno que había nacido en la finca. El padre de Hércules no tenía cómo pagarle un salario, pero le dejaba sembrar maíz y frijol. Además le daba un litro de leche por cada diez ordeñados, y Santos parecía conforme.

Hércules iba pensando en que su madre tenía razón cuando decía que lo mejor sería vender la finca. Pero él era feliz allí, y la idea de volver a la escuela y despedirse para siempre del Gitano y de las excursiones por la sierra también le entristecía. Pensó en su padre, que estaría camino del pueblo ahora que el sol comenzaba a calentar en serio. Si pudiera vender sus cuadros (que a Hércules le gustaban mucho, especialmente los que hacían pensar en seres fantásticos), todo iría mejor.

Santos estaba lavando cántaras en el herrumbroso ordeñadero; el estropajo de alambre con que frotaba las viejas vasijas de metal hacía un chirrido que a Hércules le causaba escalofríos.

—¿Soy transparente? —dijo Hércules, molesto—. Ayúdame con el Gitano.

Santos dejó de fregar. En un rincón había una trampa para ratones, con un cebo de pan con moho de seis meses. Hércules dio un ligero puntapié a la trampa.

—Hay que cambiar eso —le dijo a Santos.

Santos asintió, pero luego se encogió de hombros.

—Ya ni los ratones vienen —replicó.

Hércules tomó un pocillo de peltre de una repisa, fue a servirse de un cántaro un vaso de leche tibia y espumosa con olor a ubre de vaca. Lo bebió de golpe y salió del ordeñadero sin decir más.

Santos lo siguió, fue corriendo por la montura y las riendas.

—Cuidado, que no anda bien de los cascos —le dijo a Hércules después de ayudarlo a ensillar el viejo garañón.

Hércules salió al paso por el camino de rueda, y pronto comenzó a trotar. Al llegar a la encrucijada donde acababa la finca (y más allá de la cual tenía prohibido cabalgar) espoleó al garañón, que resopló y salió a galope, aunque renqueando. Quería llegar al camino vecinal para salirle al paso a su padre. Fantaseaba con llevarlo en ancas hasta el pueblo para comprar los medicamentos, y abreviarle así una caminata de más de cinco kilómetros por el camino polvoriento bajo el sol.

A poca distancia del camino, bajo la sombra de un aguacate y semioculto tras una cerca de izotes, Hércules se puso a esperar. El caballo piafaba con impaciencia. Cuando Hércules desmontó y le quitó la brida para permitirle pastar, el animal se echó al suelo. "Mala señal", pensó Hércules.

Había querido asegurarse de que llegaría a ese punto del camino antes que su padre, pero ahora estaba convencido de que su padre ya había pasado por ahí. Quizá algún vecino en auto lo llevó, pensaba, aunque era viernes. O tal vez había tomado un atajo que Hércules no conocía. Por el camino de polvo y piedras que serpenteaba entre los campos de col de una finca vecina, subía un viejo pick-up blanco. En la parte trasera llevaba una estructura de hierro que recordaba un columpio, de donde colgaban cadenas y ganchos para colgar carne. Lo conducía un hombre gordo, de cara roja y redonda. Era el carnicero de Cubulco, el pueblo más cercano, y venía cantando a voz en cuello. Hércules recordó algo que Santos había dicho a su padre acerca del Gitano y su posible destino: "Si se decide, hay que avisarle a tiempo, para que lo mate él mismo, que no compra carroña".

Por fin, se cansó de esperar. Le puso la brida al viejo garañón, tumbado como estaba, y lo hizo levantarse. Estaba por montar cuando, por entre las matas de izote, vio en el fondo del camino un vehículo que se acercaba rápidamente levantando una nube de polvo blanco. Era un jeep descapotable, conducido por una mujer de pelo largo y alheñado. Junto a la mujer venía un hombre que le pareció que era su padre. No podía creerlo. Llevaba anteojos de sol y una camisa azul. El jeep ya estaba muy cerca, y Hércules levantó la mano, pero ni la mujer ni el hombre lo vieron, semioculto como estaba tras la cerca y a la sombra del árbol. El polvo que el jeep dejaba atrás terminó por envolverlo. Cuando de nuevo pudo ver camino abajo, el jeep ya había llegado a una curva, y desapareció más allá de los campos de col. Hércules montó en el caballo para volver a la finca.

No logró hacer correr otra vez al viejo garañón —que llegó al establo chacoloteando y dando bufidos enfermizos—, y el jeep se le había adelantado. Santos le hizo ver una vez más que el Gitano se resentía de los cascos.

—Por eso su papá ya no lo monta —dijo.

—¿Hace cuánto que llegó?

—¿Quién?

—Mi papá.

—No he visto que volviera.

—¿No venía en ese jeep? —Hércules apuntó hacia la casa, invisible detrás de los árboles en la parte alta de la cañada.

—Yo no vi.

Hércules pidió a Santos que desensillara al caballo y subió a la casa. Decidió no entrar por la puerta principal. Era una de las reglas (que Hércules no siempre observaba): con botas, se entraba en la casa por la puerta de servicio, que daba al patio. Entró sin hacer ruido, y se quedó detrás de unos toneles al lado de la pila de lavar, desde donde alcanzaba a oír jirones de la conversación que su madre sostenía con la mujer del jeep. De vez en cuando sus voces se hacían inaudibles, pues caminaban de aquí para allá por la casa. Subieron al segundo piso, donde estaban los dormitorios, y sus voces se hicieron más claras. "Éste es mi cuarto, mi baño." "Aquí duerme Hércules. Y aquí duerme él." Ahora estaban en el corredor, y pasaron a la pequeña biblioteca, donde el padre de Hércules había colgado sus últimos cuadros. "Sí, es uno de los suyos –dijo la madre de Hércules–. No ha vendido ni medio desde hace más de un año." "A mí me gusta éste, la verdad –dijo la mujer del jeep–, pero tienes razón, es un poco infantil."

Era una de las personas con quienes su madre conversaba por teléfono, pensó Hércules. Recordó que había invitado a alguien a pasar un día o dos en la finca. (¿Y el hombre que venía con ella en el jeep, si no era su padre, quién era? ¿Y dónde estaba?) Las mujeres seguían andando por la casa.

"Éste es el cuarto de visitas, otro baño", explicaba la madre de Hércules.

"Está muy bien, pero necesita varios arreglos –dijo la otra mujer–. ¿Pero estás segura?"

"¿De qué?"

"De que quieres hacerlo."

"Sí. No podemos seguir viviendo así."

"Cuenta conmigo entonces."

De nuevo, las voces se hicieron inaudibles. Hércules salió de su escondite entre los toneles, abrió la puerta de servicio, y luego la cerró con fuerza. Fue a sentarse en un taburete de corcho, y comenzó a descalzarse con el sacabotas de madera haciendo un poco más de ruido que el habitual. Su madre no tardó en llamarlo, y Hércules, guiado por su voz, subió corriendo a la biblioteca, donde las mujeres se habían instalado para fumar y beber café.

Hércules entró en la biblioteca con recelo, pero al entrar y ver a las mujeres (las dos eran hermosas) el recelo se desvaneció.

—¡Pero qué muchacho tan guapo! —exclamó la visita, que apagó su cigarrillo y se puso de pie.

Anastasia era más joven que su madre. Era también más alta; y ya fuera por la vestimenta o el maquillaje —que su madre no usaba desde que vivían en la finca— era también más hermosa.

—Ven para acá, hombrecito —le dijo, extendiendo los brazos, y Hércules obedeció—. ¡Dame un beso! Soy tu tía Anastasia. No podés acordarte de mí. Me decías Yay. Sí, soy la tía Yay.

Al sentirse abrazado, experimentó una embriaguez deliciosa, envuelto en el perfume y el suave olor a tabaco de la mujer.

—Oye —dijo la madre, medio en broma—, ya está bien.

Anastasia soltó a Hércules y le dio un empujoncito para apartarlo de sí.

Hércules se sentó en un sillón a igual distancia entre las dos mujeres, que hablaron de un viaje que habían hecho a Italia juntas muchos años atrás, de algunos familiares, de política, de todo menos de la finca o del padre de Hércules.

Ya era casi de noche cuando Hércules oyó la voz de su padre, que llamaba desde el piso de abajo.

—Ve. Pídele que encienda un fuego —dijo la madre de Hércules, que despertaba de una larga siesta.

En el cobertizo de la leña, mientras su padre le alcanzaba ramas secas y trozos de troncos para que los acomodara en un cesto, Hércules preguntó:

—¿De verdad es mi tía?

—No. Es sólo tu parienta, y bastante lejana.

Hércules sintió alivio.

—¿Te gusta? —dijo su padre.

Hércules sacudió la cabeza.

Su padre se inclinó sobre él y le dijo en voz baja (olía a aguardiente):

—Bueno, está muy vieja para vos.

El niño lanzó una mirada a la casa.

—¿A qué vino? —dijo.

—Quiere comprar la finca.

Llevaron entre los dos el cesto de leña hasta la sala principal.

Se arrodillaron frente a la chimenea, para repetir un rito que habían dejado de practicar hacía mucho tiempo. El fuego ardería de nuevo en honor a la visita.

—Tardaste mucho en volver —dijo Hércules.

–El camino es largo.

–¿Qué camino tomaste?

–El más corto. Pero aun así, es largo –su padre se rió–. Me canso –encendió un fósforo, lo acercó al ocote bajo la pequeña pirámide de leña que acababan de levantar.

–¿Quiere los árboles? –dijo Hércules, que miraba las llamas azules del ocote.

–Tal vez. Yo creo que quiere el agua –dijo el padre.

–¿Y la casa?

–La demolerían.

Las llamas crecían rápidamente, y padre e hijo se echaron un poco atrás por el calor.

El niño continuó en voz baja:

–Mamá se la quiere vender.

El padre volvió a reírse, con una risa nerviosa.

–Sí. Pero no puede, porque la finca no es suya. Era de mi padre.

–¿La heredaste?

El padre asintió con la cabeza.

–Cuando yo haya muerto, pueden hacer con todo esto lo que quieran –dijo–. Pero antes, no.

Estaban en silencio mirando el fuego, cuando las mujeres entraron en la sala.

Hércules conocía dos o tres secretos de su padre (como el testamento del abuelo donde decía que la finca era de Hércules, el que su padre mantenía oculto en el cajoncito secreto de su mesa de noche, junto con la pistola y unas fotos de su madre encinta, desnuda) y le había oído decir una que otra mentira, acerca de sus polvos para la nariz o su dinero, pero nunca le vio simular como lo estaba haciendo ahora. Se había puesto de pie y fue a saludar a Anastasia como si no la hubiera visto en mucho tiempo. Luego le dio un beso a la madre, le entregó las pastillas con un ademán entre cómico y solemne, y Hércules reparó en que la camisa que vestía era negra, no azul. ¿Era posible que el hombre que venía en el jeep no fuera él?

Sintió de pronto que caía hacia atrás, y aun al sentarse (lo hizo rápidamente, no quería que nadie se diera cuenta de su malestar), con las llamas que le calentaban el lado izquierdo de la cara y el cuerpo, sintió que seguía cayendo, más y más, hasta que de pronto, como si hubiera tocado fondo, el movimiento imaginario se detuvo. Se levantó, porque ahora el fuego le quemaba, y fue a sentarse muy cerca de su madre, la que lo abrazó con una ternura inusual.

Anastasia empezó a hablar de su interés en los cuadros que había visto en la biblioteca. El padre, evidentemente animado con el prospecto de una venta, se levantó, dijo: "¿Algo de tomar alguien?", y se alejó en dirección a la cocina.

Hércules se soltó del abrazo de su madre y fue detrás de su padre, que había entrado una vez más en el baño. Se acercó silenciosamente a la puerta. Oyó a su padre que se sonaba las narices.

—¿Saco hielo? —preguntó un momento después.

—Sí, hay una barra en el congelador —contestó a gritos el padre, que había abierto la llave del agua—, hay que picarlo. Ya voy.

Hércules fue por la barra de hielo, la llevó al lavaplatos. Tomó un picahielo de un cajón y se puso a trabajar, con las escamillas heladas que le saltaban a la cara. Cuando su padre entró en la cocina, Hércules se enfrentó con él.

—¿Te cambiaste de camisa? —dijo con una voz entre temerosa y desafiante.

—¿Huh?

El niño lo escudriñó. Se había lavado la cara y sus ojos, encendidos, ya no eran los de un borracho. En los sobacos de la camisa tenía manchas de sudor seco, y una capa de polvo le cubría los zapatos y los ruedos del pantalón.

—¿Que qué? —se rió. Estaba reanimado pero tenso—. No, no me he cambiado, creo que desde ayer —volvió a reírse—. Me gusta esta camisa.

Era verdad, Hércules lo reconoció, se había puesto esa camisa ayer también.

Su padre echó el hielo picado en una cuba de aluminio con figura de oso polar.

—¿No venías con ella en el jeep?

—Que no. Te dije que vine andando.

—En serio, ¿lo jurás?

—Pero claro que no —frunció el ceño—. Lo juro.

Hércules decidió creerle.

Volvieron a la sala, donde ahora la leña que ardía producía chasquidos y pequeñas explosiones. Unos minutos más tarde, mientras los adultos bebían sus cocteles, Hércules, con un cansancio profundo, se quedó dormido contra su voluntad en un sillón.

2

El cielo apenas clareaba cuando abrió los ojos con hambre. Se había dormido antes de cenar, recordó. Estaba en la cama de su madre, vestido, y ella dormía de espaldas a él. Un viento suave hacía tintinear los móviles que colgaban en el corredor del piso de abajo. A lo lejos se oía el mugir de una vaca. Santos ya estaba ordeñando, pensó Hércules. Un gallo cantó. Muy débilmente, la voz de Anastasia, que hablaba en inglés y en un tono confidencial, llegó a los oídos de Hércules. Desde el baño que estaba junto al cuarto de visitas se podría oír mejor, pensó. Salió de la cama con cuidado para no despertar a su madre. La puerta del cuarto de visitas estaba cerrada. Hércules entró en el cuarto de baño.

Ahora, la voz se oía muy claramente. Hércules acercó el oído a la ventana del baño para seguir escuchando, casi sin respirar. Supuso que ella estaba de pie junto a la ventana abierta.

"... pero de eso se trataba. Se divorciaría, pero ni para eso tienen dinero", dijo.

Siguió un momento de silencio, y Hércules supo que hablaba por un teléfono celular.

"Le sugerí que me vendiera unos cuadros, que con eso tendría para el divorcio. ¿Ella? Claro, le encantaría verlo muerto. Sí, baby. Yo también te quiero. Un beso. Sí, en el mismo lugar, ¿a eso de las diez? Me estoy metiendo en la cama. Necesito dormir aunque sea unas horas. Yo también. *Mmmuá. Bye.*"

Mucho más sigilosamente que antes, Hércules salió del baño, atravesó el corredor y bajó a la sala. Encontró a su padre tumbado en la alfombra junto a la chimenea entre un montón de cojines, las piernas cubiertas con la chaqueta de Anastasia, la boca abierta con un hilito de saliva que caía sobre un cojín. Hércules sintió repugnancia mezclada con lástima.

Después de ir a la cocina para desayunar rápidamente, salió de la casa y bajó a la vaquería.

Santos estaba ordeñando.

—El caballo necesita herraduras —dijo—. Ayer botó una, y tiene otra floja. Se lo dije, está mal de los cascos. Lo meó la araña, digo yo.

Hércules entró en el establo. El viejo garañón yacía sobre su cama de paja. Estar de pie le causaba dolor, como decía Santos. Su padre no tendría dinero para pagar al herrador, y aun menos a un veterinario, reflexionó Hércules con pesar. Si los cascos empeoraban, habría que hacer algo —sacrificarlo tal vez.

Regresó a la vaquería.

—¿No has visto a nadie por ahí? —le dijo a Santos.

—¿Y a quién iba a ver?

Hércules tomó el sendero que vadeaba uno de los arroyos. Dobló arroyo arriba. Al llegar a un pequeño remanso, se quitó los zapatos para seguir dando saltos de piedra en piedra, y metía los pies en el agua de vez en cuando.

Por un momento logró olvidarse de todo —de las privaciones de sus padres, del caballo enfermo, aun de la misteriosa Anastasia— imaginando a ratos que era una cabra, o un puma, o Hércules mismo, el de los doce trabajos, que emprendía una nueva hazaña. Distrayéndose así, llegó a un lugar donde el arroyo formaba una cascada. El agua blanca caía en una poza a la sombra de unos encinos, donde se convertía en agua verde y mansa. Hércules oyó de pronto un repiquetear metálico sobre las piedras. Quedó paralizado entre el miedo y la atención. El repiqueteo se detuvo un momento, y luego continuó.

—¿Quién está ahí? —gritó Hércules, poseído de pronto por el espíritu de la propiedad.

El ruido cesó otra vez.

—¡Ooouuuu! —llamó una voz—. ¡Con amistad!

De detrás de una roca en lo alto de la cascada, apareció la cara sonriente de un hombre que miraba hacia abajo. Estaba desnudo de la cintura para arriba, y saludó agitando una mano. En la otra tenía un martillo y un cincel, que se puso al cinto.

—Hola, muchacho —llamó con acento extranjero.

—Hola —dijo Hércules.

El hombre comenzó a bajar por las piedras. Dio dos saltos, uno largo, otro corto, y ya estaba al lado de Hércules. Llevaba un cinturón de cuero ancho, una especie de canana de la que colgaban varios objetos además del martillo y el cincel —una pica, una palita puntiaguda, unas tenazas cromadas, dos botellitas de plástico, marcadores, una caja negra con botones, una linterna de frente y un teléfono celular.

—Soy geólogo —dijo. En la etiqueta pegada a la bolsa de lona que llevaba al hombro, Hércules leyó: *"Cloth-Protexo Bags by HUBCO".*

—Supongo que estoy *trespassing* —dijo—. ¿Cómo se dice en español?

Hércules no lo sabía.

—Esto es propiedad privada, ¿no? —dijo el otro mirando alrededor, y al niño le pareció detectar en su gesto un cierto desprecio; asintió con la cabeza.

—Colecciono minerales. ¡Es algo fascinante! —exclamó el intruso. Alzó la cejas al ver los pies descalzos de Hércules—. ¿Y tú, qué estás haciendo por aquí?

—Nada —dijo Hércules, en un tono menos amistoso—. Ésta es mi finca.

—Oh, disculpa. La verdad, no sé muy bien dónde estoy. Me alejé demasiado por el camino —miró a sus espaldas (pero por ahí, pensó Hércules, no había ningún camino)— y llegó un momento en que ya no supe cómo regresar. Estaba tan entretenido —indicó el contenido de la bolsa— cogiendo todo esto que tampoco me ha importado mucho.

—¿Qué lleva ahí? —le dijo Hércules, señalando la bolsa de lona, con un tono entre el desafío y la curiosidad.

—Piedras.

—¿De aquí?

—De por aquí —contestó el otro vagamente.

El hombre se quitó la bolsa del hombro, la abrió para mostrarle el contenido a Hércules. En el fondo de la bolsa había un montón de piedrecitas recién desprendidas de la roca viva, algunas de ellas marcadas con tinta roja, amarilla o azul.

—A ver, muchacho —dijo el hombre—, vas a decirme cuál es la mejor manera para salir de aquí.

Hércules señaló arroyo abajo.

—Por ahí. Si quiere me sigue.

—Pero yo quería ir por allá —el hombre miró hacia lo alto de la montaña.

Hércules movió negativamente la cabeza.

—No hay salida por ahí —dijo.

—Entonces, no hay de otra, como dicen ustedes. Voy por mis cosas. Un minuto.

Dio media vuelta y empezó a trepar rápidamente por las piedras. Hércules lo siguió sin decir nada, y cuando el hombre se dio cuenta lo miró con un disgusto mal disimulado. En el rellano en lo alto de la cascada había un pequeño campamento. Además de una colchoneta ultraliviana y una manta espacial, había una bolsita de basura con algunas latas vacías amarrada a una estaca, una cocinita de gas, una especie de alambique y varios botes de plástico de distintos tamaños que el hombre se apresuró a meter en una mochila. Por último, fue a recoger una camisa azul que estaba tendida al sol sobre una piedra. Cuando se la hubo puesto, Hércules se dijo a sí mismo que debía de ser el hombre que vio en el jeep con Anastasia la tarde anterior —y la persona con quien ella hablaba al alba por su celular.

Aunque el extranjero tenía el pelo rizado como Hércules, su piel clara y los ojos grises hacían pensar en su padre. Y también en un actor de televisión de cuyo nombre no lograba acordarse. Mientras bajaban saltando por el cauce del arroyo –y el hombre lo hacía con gran agilidad– Hércules tuvo la impresión de que, aun cuando no dejaba de hablarle, evitaba que lo mirara de frente.

Llegaron al remanso donde Hércules se había descalzado. Hércules se agachó a recoger unas guijas de la orilla, y lanzó una para hacerla rebotar en el agua.

–¿Vienes mucho por aquí?

–Cuando no puedo montar a caballo –contestó Hércules, que veía dibujarse las ondas en la superficie del agua.

Hércules lanzó otra piedra. Rebotó dos veces antes de chocar contra las piedras de la orilla opuesta.

–¿Por qué no pudiste montar hoy? –el hombre preguntó con una sonrisa.

Hércules se sentó sobre una piedra para sacudirse los pies y calzarse. La cara amable del extraño le hizo sentir al mismo tiempo confianza y un íntimo temor.

–Hay que herrar a mi caballo –dijo.

–¿Y por qué no lo hierras?

–No hay dinero –no había terminado de decirlo, y ya se había arrepentido. Se volvió y siguió bajando por el cauce del arroyo. Llegaron al vado, y ahí doblaron para subir hacia el camino principal.

Santos, que estaba trabajando en la huerta, alzó las cejas con asombro al ver al extranjero. Hércules le pidió que se acercara, y Santos dejó el azadón y fue deprisa con su trote de viejo campesino con botas de hule hasta la pila de la vaquería, para lavarse las manos.

El extraño, mientras tanto, se sacó de un bolsillo un billete de cien quetzales.

—Toma —le dijo a Hércules, extendiéndole el billete—. Para los herrajes de ese caballo. ¡O para un par de zapatos nuevos! —se sonrió—. Pero no lo cuentes, ¿Ok?

Hércules miró el billete, lo dobló, se lo guardó en un bolsillo.

—Gracias —dijo.

Santos volvió. Después de secarse las manos en el pantalón, saludó quitándose el sombrero.

—Acompañá al señor hasta el portón —le dijo Hércules.

—Adiós, amigo —dijo el extraño, y comenzó a caminar detrás de Santos.

Se habían alejado sólo algunos pasos, cuando Hércules gritó:

—¡Hey, señor! No le pregunté su nombre.

El hombre se detuvo y volvió la cabeza.

—Tengo un nombre imposible. Pero todo el mundo me dice Jack. ¿Cómo te dicen a ti?

—Yo soy Hércules —dijo el niño.

El otro se rió, pero agregó inmediatamente:

—Maravilloso nombre, Hércules —volvió a decirle adiós con la mano.

En la sala, su padre había cambiado de posición. Ahora estaba boca arriba y roncaba ruidosamente. Hércules pasó por la cocina, para ver el reloj de pared (ya habían dado las nueve), y subió al segundo piso. Se quedó un momento al acecho en el corredor. El cuarto de su madre estaba cerrado. No había nadie en la biblioteca, ni en el dormitorio de su padre. La puerta del cuarto de visitas estaba abierta de par en par, y Anastasia no estaba ahí, pero del baño salía el ruido de la ducha. Hércules entró en su cuarto, cerró la puerta, y fue a tumbarse en la cama. Se quedó mirando el alto techo a dos aguas, con las manos entrelazadas detrás de la cabeza.

Tenía un oído puesto en los sonidos que seguían llegando del cuarto de baño (la ducha había concluido, se oía zumbar una pistola de pelo); el otro, en la voz de su madre, que estaba hablando por teléfono y caminaba de arriba para abajo por su habitación.

Un escarabajo describía círculos con un intenso runrún y lanzaba destellos verdiazules al tocar los rayos de sol que entraban por la ventana. Hércules experimentó una efímera sensación de poder personal: él sabía cosas que los adultos a su alrededor ignoraban. Luego se sintió atemorizado. ¿Era posible que en realidad quisieran deshacerse de su padre?

Un poco más tarde, cuando el olor del café empezó a flotar por la casa, Hércules se levantó. Fue al baño a lavarse la cara y se mojó la cabeza para peinarse.

La maleta de Anastasia estaba ya sobre una banca junto a la puerta principal. Anastasia desayunaba sola en la cocina.

—Pero si te ves más guapo así, con el pelo mojado para atrás —dijo Anastasia cuando Hércules se acercó a darle un beso.

El perfume que despedía hoy, distinto del de ayer, era igualmente irresistible para las papilas olfativas de Hércules. Le pareció que aquel olor brotaba de sus hermosos pechos cubiertos de pecas que subían y bajaban con su respiración.

Para Hércules fue desagradable ver aparecer en aquel momento a su padre.

Tenía la palidez del mal sueño, la pátina enfermiza de la droga, el pelo tieso y alborotado. El olor a alcohol, a mala noche y a dientes con caries que salió de su boca cuando se acercó a besarlos avergonzó profundamente a Hércules. Miró a Anastasia, pero ella sonreía alegremente y no parecía tan disgustada.

—¿Descansaste? —preguntó Anastasia, y su voz sonó dulce y cariñosa, como si en verdad le importara.

El padre dijo:

—Creí que ya te habías ido.

—Pues sí —Anastasia se puso de pie—. Ya me tengo que ir.

Hércules miró el reloj de pared: eran casi las diez.

El padre se pasó una mano por la cabeza, frunció las cejas y la miró con una expresión apocada y al mismo tiempo codiciosa.

—¿Y aquello, se va a poder? —preguntó.

—No te preocupes. Algo conseguiré.

Hércules llevó la maleta de Anastasia hasta el jeep, y Anastasia le estampó un beso en cada mejilla.

—Me despides de mamá —le dijo—. Y no sigas poniéndote más guapo, que no respondo.

Hércules sintió que se sonrojaba.

Anastasia encendió el motor, y, ya al volante, dio al padre de Hércules un beso de despedida formal.

—No te preocupés —le dijo su padre a Hércules mientras veían el jeep que se alejaba camino abajo—. Volverá.

—¿Ella?

—¿Quién más?

—¿Y para qué?

El jeep desapareció detrás de una cortina de árboles.

—Es posible —dijo—, es posible que hagamos un negocio.

—¿Le vas a vender tus cuadros?

—Tal vez. Tiene que convencer a su novio. Sólo espero que no decida traerlo cuando vuelva.

—¿Tiene novio?

—Y cómo no iba a tenerlo, una mujer así.

—¿Lo conocés?

—No. Ni quiero conocerlo.

Se rieron con espíritu de camaradería y volvieron a entrar en la casa.

3

El herrador llegó al día siguiente con sus tenazas, su despalmadora, su gran lima y su badal. Se agachó junto al caballo, le dio unos golpecitos detrás de la rodilla, y el caballo alzó la mano mala. Dejó descansar sobre sus piernas el casco, deteniéndolo firmemente. Santos tenía razón: la pezuña estaba en pésimo estado. Entreverado con el familiar olor a cuerno que no le era del todo repugnante, Hércules percibió un olor a animal muerto.

El herrador, después de limpiar los cascos, los bajó con las tenazas, y declaró que estaban demasiado débiles para reherrarlos. Trabajó el casco malo con la cuchilla y la lima, y recomendó que lo trataran con antisépticos y tinturas para evitar que siguiera pudriéndose.

Cuando el herrador se hubo marchado, Hércules fue a tomar un puñado de sal de un bote de latón. El viejo garañón resopló al oler el mineral, y lo lamió con gusto de la palma del niño con dos ásperos lengüetazos.

Enterado de que el niño había mandado a Santos por un herrador al que él no podía pagar, su padre sometió a Hércules a un interrogatorio de sobremesa.

—Ya le pagué yo —le dijo Hércules.

—¿Con qué dinero?

—Encontré un billete en un libro viejo en la biblioteca —tuvo que mentir.

—*Easy come, easy go* —dijo con algún resentimiento el padre.

—¿Qué querés decir con eso? —dijo la madre de Hércules.

—Se lo vamos a vender al carnicero. Necesito la plata. Si me da lo suficiente, es caballo muerto.

Hércules bajó la vista para clavarla en su plato de fruta.

—No le hagas caso, hijo —dijo la madre de Hércules, mirando al padre con disgusto.

Si, a pesar de sus súplicas, su padre permitía que el carnicero matara al Gitano por unos cuantos quetzales —se dijo a sí mismo Hércules—, él ya no haría nada para evitar que le hicieran daño, si era cierto que querían hacerle daño.

Conocía un buen lugar para estar solo, como quería estarlo: una pequeña cueva en la pared arenisca de una cascada seca (era diciembre) con una hermosa vista hacia el sur —un espectacular panorama de un brazo de la sierra recortado contra el cielo. Subió por un sendero del bosque que él mismo había descubierto.

Cuando llegó a la cascada seca, el sol de la mañana comenzaba a calentar la arena blanca a la boca de la cueva. Se tumbó allí de espaldas para recibir en la cara los vivificantes rayos del sol.

Últimamente dormía mal, se levantaba a menudo en medio de la noche para pensar en Anastasia, y tenía pesadillas. Se quedó dormido, y cuando despertó y abrió los ojos, estaba boca abajo. Dos caballitos del diablo color malva copulaban encima de una pequeña piedra con forma de huevo a pocos centímetros de su cara. Hércules se volvió para ponerse de espaldas. Tenía, debajo de la ropa, una placentera erección.

Era la primera vez que esto ocurría, pero con la mayor naturalidad se desató el cinto y se abrió los pantalones, evocando la imagen de Anastasia.

Deseaba más que nada verla regresar. Tenía poco que hacer mientras tanto. Había algunos niños de su edad en las fincas vecinas, pero las casas quedaban muy lejos, y después de casi un año de vivir en Peña Colorada, Hércules aún no los conocía más que de nombre. Comenzó a acariciarse.

Oyó el ruido de un helicóptero que volaba por encima de la cueva. Volaba bajo, y Hércules alcanzó a leer las siglas FJ4 pintadas en negro en la barriga de la nave. El helicóptero describió un amplio círculo al borde de la sierra. Se detuvo un momento —o así le pareció a Hércules— a la altura del ojo de agua más grande de Peña Colorada, volvió a pasar por encima de Hércules, y luego se alejó por donde había llegado, hasta desaparecer más allá de la próxima montaña.

Los rayos de sol ya no tocaban la arena, y una brisa muy fresca había comenzado a soplar. Hércules se levantó, y fue bajando despacio, como distante de todo y entre culpable y feliz, por el cauce del torrente seco de vuelta hacia el viejo casco de la finca.

4

La tarde que la esperaban se quedaron en casa y pasaron un buen rato en aparente calma sentados en la sala. Después del almuerzo, el padre había pedido a Santos leña seca y ocote, de modo que ahora todo estaba listo para que, en el momento indicado, con un simple fosforazo tuvieran fuego en la chimenea. Ahora se había puesto a hojear una vieja revista de arte. La madre, que recibía literatura religiosa (por la que no había que pagar gracias a las suscripciones a perpetuidad obtenidas por una hermana del abuelo), se puso a ordenar sus lecturas. Instalada en un sillón junto a la lámpara de pie con un rimero de revistas, cartillas y circulares, iba descartándolas o las apartaba para el futuro con cierta apatía. Hércules, después de pasar visita al Gitano, que todavía no sanaba, había vuelto a ducharse, y se había preparado un plato de palomitas de maíz, que consumía lentamente, intercambiando miradas silenciosas y más o menos sonrientes, ahora con su madre, ahora con su padre.

Al percibir el débil sonido del motor del jeep que se acercaba, Hércules alzó un dedo y dejó a un lado su plato para limpiarse las manos en la tela del sofá.

—Aquí está ya —dijo.

Su padre cerró la vieja revista con una parsimonia afectada, la puso en la mesa de café y se quitó los anteojos. Su madre se levantó, dijo "Oh felicidad" con ironía, y salió al vestíbulo para abrir la puerta y ser la primera en dar la bienvenida a su invitada.

Al oír una voz masculina que resonaba en el vestíbulo, el padre de Hércules se inmutó visiblemente. A Hércules le pareció que reconocía el acento y la voz: era Jack, el geólogo.

—Pero es una casa maravillosa. Maravillosa —decía—. Siglo diecinueve, ¿no?

El padre de Hércules se había repuesto.

—Viste. Se trajo al pinche novio —dijo.

Hoy, en lugar de ropa de explorador, el geólogo vestía un traje claro y bien planchado que a Hércules le causó una agradable impresión de elegancia y bienestar. Anastasia tenía pintura de labios rosada, y estaba preparada para el campo, con jeans de cintura muy baja (se alcanzaba a ver el *g-string* rojo que le rodeaba las caderas) y botas tejanas.

—Yo soy Bruce. Mucho gusto —dijo el falso Jack, y dio un apretón de manos al niño.

Aunque se parecía a su padre, pensó Hércules, estaba en mejor forma, sin la pancita incipiente, con hombros más anchos, la espalda recta y la cabeza erguida en una postura ejemplar. Aun así, Anastasia era demasiado joven para él.

—Aquí están los tres hombres que más me gustan en el mundo —dijo Anastasia cuando los cinco estuvieron sentados en la sala—. Voy a casarme con Bruce sólo porque tú —dirigió sus brillantes ojos al niño— estás demasiado joven, y bueno, tu papá ya está casado.

Bruce y el padre de Hércules se rieron. Hércules sintió que la cara le ardía, miró al suelo.

"De aquí a diez años —pensó—, podrían divorciarse. O él podría estar muerto." Hércules podía esperar.

Un momento después, aperitivos en mano, los adultos empezaron a hablar de negocios. Con los acostumbrados viajecitos al baño entre bebida y bebida, el padre de Hércules había acaparado la atención de Anastasia —le hablaba de pintores "de verdad"; de Goya, de Constable, de los paisajes de Turner y los cielos de David Caspar Friedrich.

—La pintura en Copenhague estaba influida sobre todo por la jardinería inglesa de fines del siglo dieciocho —decía, mientras Bruce y su anfitriona hablaban de la vida en otros lugares.

Bruce era canadiense, doctor en leyes y en economía. Había conocido a Anastasia hacía algunos meses, durante un congreso bancario en Nueva York. Se enamoraron y él se vino detrás de ella a Guatemala. Pero Hércules estaba seguro de que Bruce, o Jack, era un impostor. Estaba engañando a su madre, y probablemente a Anastasia también, pensó después, bastante confundido.

Al anochecer su padre encendió la chimenea. Anastasia estaba de pie junto a él, y aunque Hércules, sentado al lado de su madre, apenas alcanzaba a oír las palabras pronunciadas junto al fuego, las sonrisas calurosas y los gestos de Anastasia hacia su padre le provocaban celos. Cuando su madre se puso de pie y anunció que iba a comenzar los preparativos para la cena, Bruce ofreció ayuda y la siguió a la cocina. Hércules se quedó otro rato en la sala, el suficiente para ver cómo su padre tomaba la mano de Anastasia, sin que ella se opusiera. Estaba diciéndole algo al oído cuando el niño decidió ir a ver lo que estaba pasando en la cocina.

Su madre y Bruce hacían bromas y reían a carcajadas, al mismo tiempo que lavaban verduras y aceitaban la carne. Aunque Hércules no comprendía muchas de las bromas (algunas las decían en inglés) percibió a través de ellas, turbiamente, una corriente sexual. Salió de la cocina y se quedó dando vueltas en el espacio impreciso entre la sala y el vestíbulo, incómodo y muy infeliz.

De pronto, se oyeron tres aldabonazos en la puerta principal.

–Soy yo, patrón –dijo Santos.

Hércules abrió la puerta.

–El caballo se cayó y no quiere levantarse –le dijo Santos.

Hércules fue corriendo a la sala.

–Sí, ya lo oí –le dijo su padre–. Por qué no vas y me contás.

Ya estaba borracho, pensó Hércules.

–Prestame tu linterna –le dijo con tono comprensivo.

–Yo te acompaño –ofreció Anastasia. Hércules se volvió para mirarla, despatarrada como estaba en el sofá–. Estoy deliciosa aquí, pero te acompaño.

–Sólo voy por la linterna –dijo Hércules, y subió al cuarto de su padre.

La linterna del padre estaba en su mesa de noche. Era una linterna cromada, pequeña y potente, comprada años atrás, en tiempos prósperos. Hércules la sacó de entre un montón de envoltorios de medicinas, papeles y balas sueltas.

–Voy con ustedes –oyó la voz de su padre a sus espaldas–. Salí de aquí y esperá. Esperá fuera, niño.

En el cajoncito secreto de la mesa de noche estaba, además del testamento y las fotos de su madre, un viejo Colt .45 que también perteneció al abuelo, recordó Hércules. Comprobó que la linterna funcionaba, se quedó a la puerta esperando a su padre. El padre salió con el revólver, puso balas en el tambor, y se lo guardó en un bolsillo del pantalón.

Bajaron hacia la caballeriza los cuatro. Hércules y Santos iban delante. Soplaba un viento frío, y desde el camino vecinal llegaba el ruido de cohetillos y chifladores que los niños quemaban en diciembre. Santos iba dando flashazos camino abajo con su Ray-O-Vac de cinco quetzales. El niño alumbraba con la linterna de su padre la profunda rodada de los autos y el camellón de grama a los pies de Anastasia. Un tapacaminos volaba unos pasos delante de ellos, con su voz de lechuza y sus alas de gavilán. Se posaba para esperarlos a un lado del camino, y volvía a volar para ir a posarse de nuevo al otro lado unos pasos más allá.

En su establo de block y tejalita, el viejo garañón estaba tumbado panza abajo. Tenía los posteriores de lado, los delanteros doblados sobre sí mismos, la cabeza erguida y aguzadas las orejas, con un ojo casi ciego por las cataratas y el otro alerta y como inteligente. Hércules se le acercó, pero el caballo echó para atrás las orejas, estiró el cuello y abrió el hocico para enseñar dos o tres incisivos largos y afilados.

Hércules retrocedió, y sintió las manos de Anastasia, que se apoyaban sobre sus hombros para reconfortarlo.

—No quiere que lo molesten —dijo Santos—. Está en las últimas.

—¿Qué tiene? —dijo con voz muy suave Anastasia.

—Está viejo —le dijo Hércules.

—¿Por qué no puede levantarse? —insistió ella.

El padre se interpuso entre la mujer y el niño y el caballo. Tenía una mano en el bolsillo con el revólver.

—A todos les pasa —dijo— con la edad.

Anastasia, que miraba a Hércules, dijo:

—Si ya se va a morir, no hace falta que lo maten así —indicó el revólver.

Hércules no dijo nada.

Anastasia miró a Santos, que asintió gravemente con la cabeza.

—Es lo mejor, señorita.

—Es cuestión de dinero —dijo el padre, y por fin Anastasia le dirigió la mirada—. Podría vivir un par de años más, si se cura, pero está sufriendo demasiado. Son los cascos —se rió—. A ver.

Se volvió al caballo, avanzó con cautela. Ahora, el caballo se dejó tocar, primero en el testuz, luego en el cuello y en el pecho.

—Bueno, bueno, muñeco —le decía el padre—, no tengás miedo, que te queremos.

El caballo resopló, como aliviado. El padre lo agarró de una oreja.

—¡Arriba! —exclamó—. ¡Hop!

Se oyó la explosión lejana de un cohetillo —por un instante Hércules creyó que su padre había disparado— y luego se oyeron otras más.

Haciendo un esfuerzo desesperado, el animal intentó levantarse. Pero la pata con el casco malo no lo sostuvo y cayó de cara en el suelo de adoquín con un feo crepitar de dientes rotos. Quedó tendido de costado, la cabeza apoyada en el suelo, temblorosa la ijada. Un hilito de sangre le brotó del belfo, que estaba fláccido.

El padre se hincó junto al caballo, sacó el revólver y le metió el cañón en una oreja.

—Será mejor así —dijo— y ya.

—Por favor —chilló Anastasia, y dio un paso adelante—. Déjalo estar. El veterinario, o lo que sea, lo pago yo. Déjalo.

—¿Segura? —preguntó el padre.

—Segura —Anastasia asintió, y retrocedió para rodear con un brazo los hombros de Hércules.

Subían por el camino de vuelta a la casa, Anastasia y Hércules entrelazados en un reconfortante abrazo. El padre iba dando instrucciones a Santos para que, de madrugada, fuera al pueblo por un veterinario, por ácido bórico, yodoformo y una loción podal.

—Se curará, ya verás —decía Anastasia.

Hércules dijo que si el caballo mejoraba dejaría de montarlo, para que el resto de sus días lo pasara simplemente pastando y en paz.

La madre de Hércules y Bruce seguían divirtiéndose —el niño oyó sus risas aun antes de entrar en la casa. La mesa estaba puesta, y el pulique recién guisado podía olerse desde la sala.

—¡A comer! —exclamó la madre de Hércules, que salió de la cocina con una copa de vino en una mano y la botella en la otra.

Hércules no la había visto tan alegre en mucho tiempo, y llegó a la conclusión de que esta vez también ella se había emborrachado. Bruce era el único que se mantenía sobrio. Hércules recordó el momento en que bajaba dando saltos por la quebrada. ¿Por qué se hizo pasar por otro?, se preguntó.

Después de comer (aunque el padre de Hércules apenas probó la carne y no tocó su ensalada) volvieron a la sala para tomar café y digestivos. Hércules dio las buenas noches y subió a su cuarto. Había conservado la linterna de su padre, la dejó sobre la mesa de noche. Cerró con llave las tres puertas de su cuarto y abrió la ventana —por donde entraban de vez en cuando las risas y las exclamaciones de los adultos. Se cambió de ropa, se metió en la cama y apagó la luz.

Bruce y Anastasia —pensaba Hércules— eran más de lo que aparentaban, y por otra parte aparentaban ser más de lo que eran. No eran novios ni se iban a casar; pero sin duda *trabajaban* juntos.

Un poco más tarde oyó ruidos de pasos en el corredor. Era Anastasia —Hércules ya reconocía sus pisadas—. Se levantó de la cama, fue hasta la puerta y la entreabrió suavemente.

Anastasia estaba en la biblioteca, mirando una de las pinturas que había dicho que quería comprar. Una corriente de aire atravesó el pasillo. Anastasia se volvió rápidamente hacia Hércules.

—Hola —le dijo—. ¿Despierto todavía? Pero vas a resfriarte, niño, con estos chiflones. A ver —se acercó a Hércules, lo tomó de los hombros para hacerle girar, y lo llevó hasta la cama—, métete ahí.

Hércules obedeció dócilmente.

—¿Vas a comprar el cuadro? —preguntó.

Anastasia se sentó al filo de la cama.

—A Bruce no le gusta —dijo, y puso cara de decepción.

—¿Cuándo lo vio?

—Cuando bajamos al establo.

—¿Él manda?

—No siempre —Anastasia se sonrió.

—¿Quiere comprar la finca?

La había sorprendido, pensó Hércules al verla sonreír y sacudir ligeramente la cabeza.

—Nos gusta mucho. Sí, queremos la finca, los dos. Y creo que a tu madre la sacaríamos de apuros. Y a ti también —le acarició la cabeza—. Tu padre no es finquero. Acabará por arruinarse aquí, en vez de dedicarse a pintar. No entiendo por qué se empeña en no vender.

Hércules reflexionó un momento.

—No puede —dijo.

—¿No? ¿Cómo así?

—No puede —prosiguió Hércules con orgullo infantil— porque la finca es mía.

—A ver, a ver. Explícame eso, niño.

Cuando Anastasia volvió a dejarlo solo, Hércules cerró los ojos y se puso a fantasear desordenadamente. Si sus padres ya no dormían juntos, tal vez era posible, y hasta bueno, que esa noche su madre durmiera con Bruce. ¿Y Anastasia, dormiría con su padre? En cualquier caso, a su padre no le importaba morir. Y sin embargo a Hércules le tranquilizaba pensar que tuviera consigo el revólver. Si intentaban matarlo, tendría cómo defenderse.

Podría ser feliz con Anastasia un tiempo, su padre, y divorciarse antes de morir. Esto permitiría que su madre y Bruce también fueran felices juntos. Y unos años más tarde, cuando él, Hércules, tuviera edad suficiente, se casaría con Anastasia y vivirían en la finca que ella deseaba tanto.

5

Tal vez el viento había hecho dar un batacazo a los postigos de la ventana, que estaban abiertos de par en par. Era de noche todavía y las estrellas resplandecían en el cielo negro. La campana que sus padres usaban para llamar a Santos comenzó a repiquetear. De pie junto a la ventana, Hércules alcanzó a oír la voz de Anastasia. Debía de estar en el patio o en la cocina. Parecía exaltada.

"¿No? Un infarto, parece. Pues claro que es grave. ¡Manden un helicóptero entonces!", gritó.

Deprisa, Hércules se calzó las pantuflas, se puso una bata y bajó a la sala. Su madre y Bruce estaban de rodillas junto al cuerpo de su padre, que yacía boca arriba cerca del fuego, la cabeza apoyada en un cojín. Lo habían cubierto con una manta. Sudaba, y respiraba con dificultad.

Hércules se arrodilló al lado de su padre. Le tocó suavemente la cara roja e hinchada.

—Tiene calentura —dijo Hércules.

La boca de su padre se abrió.

–Tengo calor –dijo casi sin voz–. Apagá el fuego. Estoy ardiendo.

–No lo agobies demasiado –dijo la madre de Hércules–. Necesita respirar.

El padre dio un resoplido, cerró los ojos, y quedó como inconsciente.

Anastasia entró en la sala.

–Ya viene un helicóptero –anunció.

–Muy bien –dijo Bruce–. Todavía lo pueden salvar.

La madre de Hércules lo miró, como esperanzada. ¿O arrepentida tal vez?, se preguntó Hércules.

Mientras aguardaban la ambulancia aérea, los adultos decidieron marcar un sitio próximo a la casa para que la nave aterrizara. Santos llegó, y le pidieron que hiciera una fogata. Salieron para indicarle el sitio. Hércules permaneció junto a su padre. Perlas grises de sudor le resbalaban por la cara. Abrió los ojos, miró a su alrededor.

–¿Dónde estoy? –balbuceó, desorientado–. Ughh.

Hércules le secó el sudor con el puño de la bata, le dijo:

–Estamos en la sala, en la Peña.

–Apagá el fuego. No aguanto el calor.

Hércules levantó la manta que lo cubría. Estaba empapada. Tocó el pecho de su padre, que subía y bajaba rápidamente. Estaba también mojado, con un sudor frío y pegajoso.

–Éstos quieren matarme –dijo el padre–. Me asfixio.

Hércules le quitó la manta de encima, y de pronto el padre se puso a temblar.

—No —dijo, cuando Hércules intentó cubrirlo de nuevo—, estoy mejor así.

Por fin se oyó el motor del helicóptero que se aproximaba.

—Ya vienen —dijo Hércules.

—¿Huhh? ¿Quién viene?

—Te van a llevar en helicóptero.

Su padre abrió mucho los ojos, sorprendido. Le apretó una mano a Hércules. Le dijo:

—Van a matarme. Tené mucho cuidado.

Hércules le dio un beso en la frente.

—Pero, papi, ¿por qué?

—Por la tierra.

—Pero la finca es mía. Podemos venderla, si querés.

—¿Ya lo sabías? —sacudió la cabeza—. También a vos van a matarte. Es por el agua. Tenemos mucha agua —cerró los ojos—. Pero tal vez ya lo saben, si son tan listos. Habrán ido al catastro.

—Se lo dije yo —confesó Hércules.

—Claro —dijo el padre, y soltó una risa rara—. Tomá esto, cuidalo —le dio a Hércules el revólver del abuelo.

El helipuerto improvisado estaría a veinte metros de la casa, en una cancha de bádminton abandonada, donde ahora la hierba era batida en oleadas concéntricas por la gran hélice del helicóptero, que aterrizaba. Un potente reflector apuntaba a la casa. Las figuras humanas que iban y venían producían sombras descomunales que se alargaban sobre la hierba o trepaban por los muros de la casa formando acordeones en las escaleras. Pusieron el cuerpo agonizante de su padre en una camilla para llevarlo al helicóptero. Hércules fue tras ellos, intentó subir a la nave. Un paramédico de uniforme anaranjado y con aspecto de extranjero —cabezón, con el pelo café claro casi a rape, los ojos grises y una barbita de chivo— lo agarró por los hombros. Cuando se inclinó sobre Hércules, al niño le pareció que tenía la frente más grande que hubiera visto nunca.

—¿Tu padre? —le preguntó, indicando la camilla con un movimiento de la cabeza—. No te preocupes. Se salvará —miró hacia la casa—. Supongo que alguien vendrá con él. No, no tú. ¿Tu mamá, vas a llamarla?

Hércules corrió a la casa.

—Allá arriba —le dijo Anastasia, que estaba en la sala con Bruce—. Fue por sus cosas.

Siguió corriendo escaleras arriba, sosteniendo con una mano el revólver dentro del bolsillo de la bata.

Por el espejo de cuerpo entero en el fondo del corredor, Hércules vio a su madre, que pasaba de su habitación a su cuarto de baño. Se acercó sin hacer ruido. Sobre la tapa de formica del pequeño taburete, junto a la bañera, había un envoltorio de plástico con un polvo blanco, una minúscula cuchara de plata, una tarjeta de débito con la foto de su padre, y un billete de veinte quetzales enrollado. Después de meter todo esto apresuradamente en un estuche de viaje, su madre se volvió, sorprendida al ver a Hércules.

—Voy con él al hospital —dijo. Se metió el telefonito celular en un bolsillo de su chaqueta de vinilo y se la abotonó rápidamente hasta el cuello. Se inclinó hacia Hércules para abrazarlo.

—No quiero quedarme solo aquí —le dijo Hércules—. Quiero ir contigo.

—Pero, hijo, no pasa nada —lo pensó un momento—. Ven, vamos a ver si hay lugar.

Hércules la siguió escaleras abajo.

—Lo siento, señora —gritó el paramédico cabezón con la barbita de chivo al pie del helicóptero, ya listo para despegar—, sólo usted puede venir.

Hércules se aferró a la mano de su madre. El paramédico tuvo que emplear cierta violencia para apartarlo, y luego ayudó a la mujer a subir al helicóptero.

—Lo siento —repitió, dirigiéndose a Hércules. Su gran frente desapareció detrás de la máscara de plástico de sus visores nocturnos, que emitían dos rayitos de luz roja. Dio media vuelta, y montó de un salto en la cabina.

De modo que Hércules quedó en tierra entre Anastasia y Bruce, mientras el helicóptero despegaba formando un torbellino que los despeinaba y sacudía sus ropas. "FJ4", leyó con un vago recuerdo Hércules en la panza del aparato, que siguió elevándose. Viró en redondo, se fue haciendo pequeño, y desapareció más allá del espinazo de pinos negros de la sierra que se recortaba contra las frías estrellas de diciembre.

Santos ya estaba apagando la fogata en la parte baja de la vieja cancha. Hércules sintió el brazo de Anastasia que le rodeaba cariñosamente el cuello. Bruce le puso una mano sobre la cabeza, dijo:

—Vamos.

Regresaron a la casa. Anastasia buscaba algo entre los cojines cerca de la chimenea, y Hércules tuvo la certeza de que no volvería a ver a su padre.

—La pistola, él la tenía, y no la encuentro —dijo Anastasia—. No está bien que se quede por ahí.

"Todo está mal", pensó Hércules, invadido por el miedo. Aunque Yay estuviera a su lado, todo estaba mal.

En la chimenea, un volcancito de leña convertida en brasas se derrumbó, y un enjambre de chispas levantó el vuelo y se extinguió rápidamente.

Hércules se deslizó entre Bruce y Anastasia, y corrió escaleras arriba, como si ahí estuviera su salvación.

—*Leave him alone. A ski slope now, baby* —oyó que Bruce le decía a Anastasia. Aunque conocía las palabras, no comprendió.

—*All right* —dijo ella, que había dado unos pasos detrás de Hércules.

Hércules entró en su cuarto, cerró la puerta con llave, y luego fue corriendo a cerrar las puertas de los cuartos adyacentes.

Pero no subieron tras él, como había temido. Se acercó a la ventana para escuchar.

"Espero que no haga una tontería", alcanzó a oír la voz de ella.

"*He's scared witless*", contestó él en inglés.

"Tiene la pistola, estoy segura."

"Mañana se la pides, déjalo estar."

Ella dijo algo en tono de protesta.

Un momento más tarde la manecilla de la puerta de su cuarto que giraba lo sobresaltó.

"¿Estás bien?", preguntó la voz de Anastasia.

Sentado al filo de la cama, Hércules guardó silencio, contuvo la respiración. Un ligero forcejeo, pero el pestillo no cedió. En voz muy baja, ella dijo:

"No creo que esté durmiendo."

"No. No lo creo —Bruce contestó en español—. Nos tiene miedo. Déjalo, te digo. Se acostumbrará."

"¿Pero por qué nos tiene miedo?"

Se alejaron de la puerta. Hércules alcanzó a oír el ruido de pisadas que descendían de nuevo por las escaleras, y la voz de Bruce que preguntaba algo en inglés. Se levantó de la cama y fue hasta la mesa de noche de su madre, donde estaba el teléfono; marcó el número de su celular, pero nadie contestó.

Con la bata puesta y el revólver debajo de la almohada, Hércules se acostó y apagó la luz. Tres o cuatro luciérnagas volaban bajo el negro techo de madera. Hércules se quedó mirando el encenderse y apagarse de la luciferina y la luciferasa en sus abdómenes. Intentaba poner algunas cosas en claro —el ánimo oscilante entre la paranoia y la esperanza, entre el "A vos también van a matarte" de su padre y el "Se acostumbrará" de Bruce.

Lo despertaron el hambre y la sed. Fue al baño de su madre y abrió la llave —aunque de esa agua no solían beber. El caño estaba seco. Llamó de nuevo al celular. Nada. Desconsolado, se levantó para ir a escuchar tras puertas y ventanas. No se oían nada más que los ruidos familiares de la madrugada, la última lechuza, los gallos, las vacas, algún perro.

Resolvió bajar por comida. "Antes de que despierten", pensaba. Sin encender luces, alumbrándose con la linterna y con el revólver listo en la otra mano, bajó las escaleras y fue hasta la cocina. Puso la linterna en una repisa, abrió la nevera y sacó un jarrón de agua, del que bebió directamente, sin soltar el revólver. Para abrir un bote de yogur, tuvo que guardarse el arma en un bolsillo. Y fue entonces cuando Bruce (que acechaba tras la celosía de la despensa) cayó sobre él. Le quitó el revólver con facilidad y se lo guardó en el cinto.

—Tranquilo —le hizo girar y lo sujetó por los brazos—. No debes tenerme miedo. No voy a hacerte daño —continuó.

Hércules lo miró a los ojos sin decir nada.

—Si me caes bien, hombre —Bruce lo soltó y extendió las manos con una sonrisa.

Hércules seguía mirándolo sin decir nada.

—Está bien —Bruce tomó el revólver, abrió el tambor para extraer las balas, que guardó en un bolsillo—. Con amistad —dijo, y devolvió el arma al niño.

Anastasia estaba a la puerta. Pasó al lado de Bruce para ir a abrazar a Hércules.

—Bruce y yo somos tus padres de hoy en adelante, ¿no lo entiendes?

6

Bruce despidió a Santos poco tiempo después de tomar las riendas de la finca (la que en efecto pertenecía a Hércules, de modo que Bruce no podía venderla, pero, en cuanto padre adoptivo, tenía potestad para explotarla como mejor le pareciera). Contento con la cantidad que Bruce le pagó al despedirlo, con lo que tendría para vivir un par de años sin salario, Santos había regresado a Jutiapa, donde estaban enterrados sus padres. Esto ayudó a hacer borroso el pasado para Hércules, que ya no tenía a nadie con quien hablar acerca de él.

Ahora vivían en la finca varias familias de colonos, gente joven desplazada por las grandes plantaciones de caña de la costa sur. Bruce se deshizo de las vacas, mandó demoler la vaquería y el ordeñadero. En su lugar, una cuadrilla de albañiles estaba levantando un edificio de grandes proporciones, al que se referían como "la fábrica" —pero nadie quiso explicar a Hércules qué iban a fabricar. Llevaron a la finca a remolque grandes máquinas perforadoras, que hacían hoyos profundos en distintos puntos de la sierra. De vez en cuando se oían explosiones y podían verse nubes de polvo verdiblanco en los lugares donde la tierra comenzaba a vomitar sus entrañas. Una tropilla de tractores se dedicaba a ampliar el camino principal, y una nueva recua de mulas trajinaba por los desfiladeros, para acarrear piedras de lo alto de la sierra hasta el valle.

Pronto habían comenzado a llegar nuevos visitantes a la finca, amigos de Anastasia y de Bruce. Casi todos eran extranjeros que habían ido comprando tierras en las inmediaciones, y formaban una especie de comunidad. ("Como menonitas en Belice", había comentado Anastasia.)

Para el cumpleaños de Hércules, invitaron a Peña Colorada a varios amigos con sus familias. Después de cantar y comer el pastel, los niños se habían alejado de la casa. Los mayores jugaban *paintball* de mano entre los árboles, y los chicos se dispersaron en pequeños grupos para explorar el campo cubierto de mariposas blancas, o para cortar hierbas y frutillas, las que comían con avidez cuando estaban buenas, o se las lanzaban unos contra otros si las encontraban verdes o demasiado maduras. Hércules y un muchacho alto y desgarbado un poco mayor que él, al que apodaban *Beanpole*, fueron a sentarse en lo alto de una colina, desde donde se veía el Gitano que estaba pastando en un potrero con la caballada que Bruce había comprado poco tiempo atrás. El viejo garañón había intentado cubrir varias veces a una yegua que parecía dispuesta, pero sin éxito. Por fin, lo consiguió. Esto hizo sonreír a Hércules.

—Ese caballo por poco se muere hace poco. Mi papá lo quería dar a un carnicero. Y mirá.

—¿Bruce es tu papá?

—Sí —dijo Hércules.

El otro le dirigió una mirada que a Hércules le pareció omnisciente. Sin pensarlo, continuó:

—Mis papás están muertos.

—¿Cómo?

—En un helicóptero, se estrellaron en la sierra. Era de noche... —dijo Hércules, indicando con un movimiento de la cabeza la cumbre y los picos que se elevaban a sus espaldas, difuminados por una bruma de polvo dorado en la luz del atardecer. El otro no parecía impresionado, y Hércules continuó en voz baja con un tono de misterio—: Pero no los encontraron. Yo creo que a mi papá lo mataron antes.

—¿Qué estás diciendo? ¿Quién?

Hércules miró a sus espaldas. Susurró al oído del otro:

—Bruce.

—Mi papá es amigo de Bruce —replicó Beanpole, que parecía de pronto muy enfadado—. Ya no sigás diciendo tonterías. Yo sé quién era tu papá. Una droga. Este país no vale nada, sin gente como nosotros. Vamos a demoler estos montes. Están llenos de oro y metales fantásticos, y no lo sabés. Sólo nosotros sabemos esas cosas —se puso de pie, hizo un gesto que abarcó las montañas que los rodeaban—. Con esto se hacen las naves, los satélites, los cohetes. Muy pronto nos vamos a ir de aquí. Volveremos a nuestro mundo.

—¿De verdad? —fue lo único que Hércules atinó a decir. El Gitano ya se había separado de la yegua. Hércules tuvo una visión de montes demolidos, de naves espaciales y viajes interestelares, de otro mundo. "Lo que en realidad querían era el agua", recordó. Preguntó—: ¿Dónde está ese mundo?

Beanpole se inclinó sobre Hércules.

—Aquí —puso cara de loco y se tocó la sien— en mi cabeza. Pero para llegar ahí vos tenés que viajar años luz, ¡si sos un baboso! —le dio un golpe a Hércules en la cara con la mano abierta, y salió corriendo.

Hércules lloró un momento con la cara hundida en la hierba. Vio una carrera de hormigas que acarreaban semillas y pedacitos de hojas y desaparecían en un agujero rodeado por un anillo de tierra. Quiso desaparecer también. Algún día volvería para vengar a sus padres. Se levantó, se limpió la cara con el faldón de la camisa, y fue corriendo hacia la quebrada con la cueva para esconderse.

Acosado por los jejenes en su pequeño refugio (se golpeaba los antebrazos, la nuca y la cara para aplastarlos o espantarlos) y después de compadecerse de sí mismo largamente, experimentó una extraordinaria sensación de libertad. No tenía en realidad ni quería tener ya padres.

Al anochecer, oyó ladridos y voces; lo estaban buscando.

Los perros no tardaron en encontrarlo, y contra su voluntad (aunque el frío ya le hacía temblar) fue conducido hasta la casa por dos peones y el nuevo capataz.

Anastasia fue a la puerta a recibirlo.

—¿Pero dónde estabas? —preguntó en tono maternal.

Hércules se dejó abrazar sin decir nada, y el capataz y los peones con sus perros se alejaron de la casa y desaparecieron en la oscuridad.

La lluvia y otros niños

I

Aún no terminaba de salir el sol. No se oía más que el ruido que hace la tierra al girar, interrumpido, tal vez, por el vuelo de algún pájaro o el deslizarse de una serpiente.

Yo venía de mi casa. Llevaba un saco de semillas al costado, y en una bolsita atada al cuello, plumas de colores que cambiaban al moverse.

Cuando llegué a la aldea los miré que pasaban; iban hacia el templo. Los cuatro vestían mantos café oscuro. La primera vez que los vi, yo era sólo un niño, y ya entonces los despreciaba. Me detuve y los dejé que pasaran sin verme.

Atravesé la plaza del mercado, entré en la casita al final de la hilera, y me senté en el suelo, a esperar. Puse las semillas sobre una manta blanca y las plumas sobre una roja. Las miraba distraídamente cuando ellos entraron. Se las di, y volví a casa.

Por la noche me dormí hablando con el dios. Le recordé que mi parte estaba hecha. Le pedí lluvia y maíz.

II

Cuatro hombres desnudos entraron en la casa de mi madre. Ella me miró con ojos tristes, como alguien que ve algo que ya ha visto muchas veces. Uno de los hombres me cogió del pelo. Ella lloraba, pero no la tocaron.

Me ataron las manos con una cuerda negra. Nos alejamos los cinco por un camino que parecía alargarse más y más entre los árboles. Ellos me hablaban, para consolarme, pero yo no podía oírles. Un fragor me envolvía, un ruido infinito, como las pisadas de un jaguar. El agua que me hicieron beber se endulzó en mi boca. Llegamos a uno de los pueblos vecinos, nos detuvimos y entramos en una casa muy vieja. Ahí estaba un hombre que cortó mis ataduras. Los otros salieron y me dejaron con él. Me pidió que lo siguiera, y anduvimos hasta llegar a un templo de piedras altas y bien labradas. Comenzamos a subir lentamente. Mientras subíamos, el hombre hablaba consigo mismo. Pero lo que decía se refería a mí; hablaba de mi vida pasada, como si me hubiera conocido. Describió mi destino, y habló de la lluvia y de otros niños.

III

La gente me acusaba. Se decía que yo era responsable por la sequía. Que la lluvia estaba en mis manos, que yo podía traerla, y que nadie podía hacerlo sino yo.

Pensé en huir, porque no quería consumar el sacrificio, pero me vigilaban constantemente. Tuve que convencerme, y me dije que no podría evitarlo. Una vez cumplido mi deber, la lluvia caería.

Así que subí hasta la cumbre del templo, donde me detuve entre dos hombres. Acostaron al niño sobre un manto de pétalos blancos. Mi mano cayó con fuerza. El negro filo de la piedra rompió la piel, y la sangre nubló el blanco de las hojas. Tomé su corazón, que aún latía, y lo puse en la boca del dios de piedra. Luego empujé el cuerpecito, que rodó gradas abajo hasta el suelo.

La entrega

La luz del cuarto estaba encendida. Eran las cuatro y media de una mañana de diciembre. Lo despertó la voz de un viejo amigo de su padre que le gritaba desde fuera: "Llamaron. Dicen que vayas a la plaza de Tecún". Él no respondió, se incorporó en la cama, se pasó la mano por la cara y el pelo, y se volvió a acostar, para quedar inmóvil, la mirada fija en el techo. Luego se descubrió y se levantó con rapidez; estaba vestido. Revisó su billetera y se agachó para sacar un bulto de debajo de la cama: una bolsa de viaje negra. Tanteó su peso y se la echó al hombro. Apagó la luz, salió del cuarto y bajó las escaleras con olor a madera recién encerada. Cruzó una antesala y siguió por un corredor. El hombre que lo había despertado lo aguardaba en el zaguán, con una sonrisa compasiva, pero él pasó a su lado sin hacerle caso y salió por la puerta. "Como un sonámbulo", pensó el otro. En el garaje había un automóvil gris. Metió la bolsa en el baúl, se puso al volante y arrancó.

Las calles estaban desiertas. Se dio cuenta de que había llovido, y de lo familiar que le era el reflejo de los faros y las luces verdes y rojas sobre el asfalto mojado; se dio cuenta de que temblaba de frío. "La plaza de Tecún", se dijo, y sonrió mecánicamente. "¿Por qué me da risa?" En vez de buscar la explicación, hizo un esfuerzo por dejar de pensar; se concentró en el momento presente. Poco después dobló a una avenida muy iluminada; ahora que la recorría él solo, imaginaba un túnel enorme. No sentía angustia; lo que estaba haciendo había sido ordenado por una fuerza indiscutible, una de esas cosas "más importantes que la vida misma".

El trayecto hasta la plaza de Tecún fue de cierta manera placentero; reinaba el silencio, y había logrado mantener en paz sus pensamientos. Era como revivir una noche lejana; se observaba a sí mismo como quien observa un rito, con inocencia, con una especie de temor. Cuando llegó a la plaza se vio impresionado por la silueta de la estatua. Estacionó lentamente y encendió una linterna. Anduvo hasta el pedestal y notó que la lanza y los gigantescos pies de la estatua estaban corroídos por el óxido. En el suelo había una piedra del tamaño de un puño cerrado y, debajo, un papel blanco. Levantó la piedra y tomó el papel. De vuelta en el auto, lo desdobló rápidamente. Leer las palabras ahí escritas fue como pronunciar una fórmula. (El futuro inmediato y el pasado inmediato irrumpieron como agujas en la burbuja artificial del momento presente.) "Conduzca a cincuenta kilómetros por hora. Baje las cuatro ventanillas. Siga la línea roja indicada en el mapa."

Al dejar de analizar sus propias reacciones, había conseguido no imaginar la apariencia de las personas que gobernaban su destino, pero ahora sus reflexiones incluyeron la presencia de una voluntad humana; comenzaba a entrever sus facciones. Examinó el mapa; la línea roja era una callecita que daba a la plaza. Bajó las ventanillas y siguió.

Mientras avanzaba calle abajo, iba aumentando su aversión; los canales de su memoria refluían. Aunque las circunstancias no dejaban de parecerle extrañas, fue adquiriendo la sensación de que llevaba a cabo una rutina. La línea que representaba su camino convergía al final con la calle del mercado. Se vio obligado a conducir más despacio; hombres cargados con costales y cajas cruzaban la calle taciturnos, parecía que andaban con los ojos cerrados. Volvió a mirar el mapa, y se estacionó frente a un puesto de verduras. Un hombre salió de detrás de unos toneles blancos que estaban en la acera y le hizo una seña. Él abrió la portezuela trasera, y el extraño, seguido por otros dos hombres, subió al auto. Nadie dijo nada. Él estaba pálido, y aún temblaba de frío. "¿Adónde?", preguntó. "¡Adelante! ¡Adelante!", le ordenó una voz desde atrás.

No había salido el sol, pero ya estaba claro. La calle fue despejándose de gente. "Vamos más rápido", le dijeron. Atravesaron la ciudad en dirección al norte. Conducía con calma; se daba cuenta de todo al avanzar. Veía pasar las puertas, las ventanas y los muros, y luego las arboledas y el paisaje a derecha y a izquierda del camino, pero nada entraba en su conciencia. Imaginó la cara de un hombre rayada por la línea roja del mapa; era como una forma producida por un mago, y así, inesperadamente, desapareció. "Ya está lejos la ciudad", se dijo.

Uno de los hombres habló: "Deténgase bajo esos pinos", y señaló a la derecha del camino. Le fue necesario frenar con violencia. Entonces advirtió que un auto blanco se acercaba en sentido contrario; se detuvo junto a ellos. Le ordenaron que se bajara y, a empujones, le hicieron subir al otro vehículo. Cuatro manos le sujetaron los brazos y alguien le puso unos anteojos velados. Oyó una voz agria que decía: "Sí, es el dinero". Se oyó el sonido explosivo del baúl al cerrarse. Hubo un rechinido de neumáticos, y él comprendió que se llevaban su auto. "Ya tienen lo que querían", pensó. "¿Por qué me hacen esto?" Luego, lentamente, el auto en que él estaba empezó a andar. "¿Qué pasa?", preguntó. La respuesta fue un golpe seco en la región del hígado. Sintió náuseas, quiso doblarse hacia adelante pero se lo impidieron; vomitó un poco de saliva y un líquido amarillo. Después olió alcohol, y sintió una fricción fría en la nuca. "Lo vamos a dormir", le dijeron, y lo sorprendió el pinchazo de una aguja. "Van a matarme", dijo en voz alta. Se le nubló la vista, oyó un zumbido intenso. Quiso decir algo, y vio que no podía articular. Los dos hombres que estaban a su lado lo acomodaron a los pies del asiento y lo cubrieron con una manta verde. Su mejilla botaba contra el suelo del auto y lo abrumaban las vibraciones del motor. Advirtió que su respiración perdía fuerza, y en sus adentros sintió: "Estoy muriendo". Sus ojos estaban abiertos, pero el contorno de las cosas era irreal. "¿Adónde me llevarán? —se preguntó—, si ya no hace falta que vaya a ningún sitio."

Se dirigieron a la ciudad. Tomaron por una de las vías principales, doblaron dos o tres esquinas, y entraron en una casa con un jardín grande y bien cuidado. Entre tres hombres lo metieron a la casa, y lo llevaron a un cuarto subterráneo. Allí había un catre de tijera, un cubo de agua y un rimero de libros. Lo acostaron en el catre, y uno de ellos, el más joven, se sentó en una silla junto a la puerta. Los otros salieron y corrieron el cerrojo por fuera.

Permaneció inconsciente durante mucho tiempo. Abrió los ojos y movió lentamente las pupilas. "El infierno", pensó, y el pensamiento resonó y resonó en su interior, pero cada vez más débilmente. Intentó mover una mano y no lo consiguió; le parecía que su corazón descansaba largamente entre latido y latido. No le fue posible elaborar otra frase; las ideas aparecían y desaparecían, una tras otra, inconexas.

Era ya de noche cuando alguien bajó corriendo las escaleras del sótano, dio dos golpes a la puerta, descorrió el cerrojo y entró. "Los agarraron —le dijo al que hacía de guardia— con el dinero. Tenemos que sacarlo de aquí." Entre los dos lo levantaron del catre, lo subieron al garaje, lo volvieron a meter en el auto. Arrancaron y salieron a la calle. Cruzaron la ciudad con precaución y tomaron la autopista del oeste. Después de andar unos minutos, estacionaron en una curva muy abierta. Lo sacaron del auto y lo pusieron boca abajo en el asfalto. El joven se acuclilló a su lado y dijo: "Yo creo que ya está muerto". Se sacó un revólver del cinto y, sin mirar, hizo fuego. Por el lado del norte relampagueaba.

Más tarde, cuando abrió los ojos, una intensa luz lo encandiló. Miró a su alrededor, y vio que las paredes giraban. Una mujer vestida de amarillo se le acercó, le tocó la mano, se inclinó sobre él, le pasó los dedos suavemente por el pelo. Sus labios se movieron, pero él no la pudo oír. La miró en los ojos, y le pareció que sus cuencas estaban vacías. "Son bonitos", pensó, y trató de decírselo, pero las palabras quedaron en su boca. La mujer le puso los dedos sobre los párpados y se los cerró. Le acarició la cara y el dorso de las manos, y se apartó de él. Él sintió un estallido en el tórax. Una voz le preguntó: "¿Estás dormido?" Él asintió mentalmente, pero "Estoy muy despierto", pensó para sí. "¿Sabes quién soy?", siguió la misma voz. No trató de responder, pero comprendió que era su mujer. La habían libertado. Luego sintió otro golpe: un sonido débil. "Es mi corazón", pensó, y para sus adentros: *Es suficiente. Que se detenga.*

Para mis padres

El cuchillo del mendigo

El sueño que había tenido la noche que desembarcó en la ciudad de sus padres, se repitió, esta vez sin llegar al final. Están en el agua, él y cinco hombres desvaídos que lo rodean. Varios pares de uñas le tocan la piel; no siente dolor, siente asco. Para mantener la cabeza fuera del agua le es necesario patalear, y sus piernas se rozan con las piernas de los otros. Siente fatiga. Aspira profundamente y se hunde. No sabe cuánto tiempo ha transcurrido, cuando se da cuenta de que puede respirar bajo el agua. Se dilatan sus pulmones, tiene una sensación de bienestar. Está tendido en un banco de arena, y mira la superficie, donde las piernas de los otros agitan el agua.

Se despertó con una ráfaga de viento frío. Una lámpara cilíndrica se mecía sobre su cabeza, y las sombras alargaban y encogían el cuarto. Tardó unos segundos en comprender dónde estaba. El aire olía a lluvia. Se dijo en voz baja, con poca convicción: "Todo está bien. Estoy en el hotel". Permaneció despierto hasta el amanecer. Al mediodía se vistió, se humedeció la cara, bajó las escaleras con siete recodos, y salió a la calle. Se dio cuenta de que la postura de su cuerpo le era incómoda. Quiso erguirse, pero un dolor intenso le hizo desistir. Dobló a la derecha y bajó por la calle hasta llegar al río. En la última esquina llamó a una puerta, haciendo sonar la campana. El portero lo miró de arriba abajo, como si hubiera sido de noche y no de día, abrió la puerta y lo dejó entrar.

Había humo y una luz amarilla en el cuarto; no era fácil distinguir el cuerpo de los fumadores. Estaban sentados y acostados en el suelo, uno junto a otro. Vaciló un momento; vio un lugar vacío entre dos hombres, y fue a sentarse. Una vez más advirtió que solamente había una ventana pequeñísima. Alguien le trajo una pipa, una lámpara y una cajita de madera, y, como los otros, comenzó a fumar. Estuvo mirando la ventana, pero de tiempo en tiempo movía los ojos para ver las formas entreveradas en el humo. El cuarto iba llenándose de gente. Comprendió que varias horas habían transcurrido; oscurecía. En el lado opuesto del cuarto, un hombre había comenzado a hablar, se movía lentamente. Él pensó: "Es asombroso que todas las noches le oigamos decir lo mismo, noche tras noche". Siguió pensando; dejó de escucharle. El humo apenas se movía. Ahora aguardaba atentamente la próxima frase; oyó tres palabras que desconocía. Siguió un largo silencio. Le parecía increíble pensar que ésta fuera su última noche; pero sentía que algo había sido dicho para él, y no lo había comprendido. A su lado alguien se puso de pie, inclinó la cabeza para despedirse y salió. "No conozco a ninguno en este lugar –reflexionó–; nadie sabe quién soy." Alguien le tocó la pierna y le preguntó: "¿Se encuentra bien?" Él asintió y echó para atrás la cabeza. Alguien pidió música; se oyeron unas voces quejumbrosas, y cinco mendigos irrumpieron y se desplegaron entre los fumadores.

Bajó la mirada: era borroso el contorno de sus manos y sus muslos. Casi dormido, recordó un viejo presentimiento: "En el momento de mi muerte sabré lo que soy". Cerró los ojos, o se le cerraron ellos solos. Un círculo de cuatro o cinco hombres tomados de la mano giraba lentamente. Advirtió que esos hombres estaban con él en el cuarto. Se dijo a sí mismo, con ironía: "Como quiero morir, no moriré". Se distraía con ese pensamiento, cuando la mano de uno de los mendigos lo sorprendió. "Ayúdame", le decían sus ojos. Él, sabiendo ya que no tenía nada, hizo como quien busca en los bolsillos.

El mendigo le toca la mano, ahora con impertinencia. Él dice que no y finge una sonrisa. De reojo, cree ver que alguien le hace señas, y vuelve la mirada. El mendigo le agarra la pierna, y él la aparta con un gesto repulsivo. El rostro sucio cambia de repente, despide el color de la violencia; el hombre se echa para atrás, blande ágilmente un cuchillo, y se arroja sobre él. Siente algo frío en la garganta, su boca se llena de sangre, se le nubla la vista. Siente manos meterse en sus bolsillos, y oye unas voces que no entiende.

Dos hombres lo llevaron cargado hasta la playa y lo dejaron en la arena. Fue sólo entonces que localizó la herida: le atravesaba el cuello de lado a lado. Dudó que el río estuviera cerca; no podía oírlo. Sacudió la cabeza, como quien quiere despertarse, y comprobó que la herida era real. Se le juntaron los párpados, y este pensamiento lo sacó de sí: "Conozco a ese mendigo. Pero ¿quién es?" Con los ojos cerrados, porque no podía abrirlos, se arrastró en dirección al río.

Despertó exhausto, con sabor a cloroformo en la boca. Esa mañana salió y entró incontables veces de la vigilia al sueño. Por la tarde llegaron los doctores, y entonces supo que no estaba muerto. En la calle había niebla. Al día siguiente sopló el viento y el cielo se despejó hacia el poniente. Tuvo varios sueños, pero no lograba recordar más que una playa negra. Pasaron diez días idénticos, interminables. A la undécima mañana amaneció sintiéndose mejor. Le sería posible continuar el viaje río abajo. Por la tarde se nubló el cielo, y llovió al anochecer.

Al día siguiente llamó a su padre; él mismo recibió la llamada. Al principio el diálogo fue frío. Cuando el hijo explicó dónde se encontraba, la voz del otro cambió; le aseguró que iría a visitarlo. Después él apuró tres pastillas, y durmió hasta el día siguiente, cuando fue despertado por la voz y las pisadas de su padre. Conversaron larga y pacientemente, resolvieron sus asuntos. Almorzaron juntos en el hotel, y por la tarde tomaron un coche hasta el embarcadero y se abrazaron.

Había un murmullo de voces en el muelle. El hijo comenzó a subir la pasarela, las cuerdas se mecieron levemente. Había mucha gente en la cubierta. Tuvo un presentimiento. Unos vendedores vociferaban sus golosinas por última vez. Advirtió que sería el último en subir al barco; dos marineros estaban por descolgar la pasarela; los vendedores pasaron junto a él, empujándolo, y bajaron corriendo. Miró hacia el muelle: su padre ya estaba de espaldas. Sintió el frío del miedo; había visto al mendigo a pocos pasos. Quiso gritar o moverse, pero le falló la voz: era la herida; y las piernas no le respondieron. Con calma, con una risa silenciosa, pensó: "No puede ser". Una puñalada le atravesó la garganta. Su cintura tocó la barandilla. Lentamente pensó: "No voy a morir". Sus pies se levantaron del suelo, su cabeza estuvo de pronto junto a sus rodillas, el cielo giró. Mientras cae, se repite que ya en otro tiempo ha muerto, que ha sido un mineral, un árbol, un animal, un hombre, que dejará de existir. Oyó el restallar del agua. Unas ondas concéntricas se formaron a su alrededor. Se oyó el sisear de la espuma, y la gente que estaba en el muelle miró al agua.

La prueba

Una noche, mientras sus padres bajaban por la autopista de vuelta de una fiesta de cumpleaños, Miguel entró en
la sala y se acercó a la jaula del canario. Levantó la tela
que la cubría, y abrió la puertecita. Metió la mano, temblorosa, y la sacó en forma de puño, con la cabeza del
canario que asomaba entre los dedos. El canario se dejó
agarrar, oponiendo poca resistencia, con la resignación
de alguien que sufre una dolencia crónica, tal vez porque
creía que lo sacaban para limpiar la jaula y cambiar el
alpiste. Pero Miguel miraba al canario con los ojos ávi-
dos de quien busca un presagio.

Todas las luces de la casa estaban encendidas; Miguel
había recorrido cada cuarto, se había detenido en cada
esquina. Dios, razonaba Miguel, puede verlo a uno en cualquier sitio, pero son pocos los lugares apropiados para in-
vocarlo a Él. Por último, escogió la oscuridad del sótano.
Allí, en una esquina bajo la alta bóveda, se puso en cuclillas, al modo de los indios y los bárbaros, la frente baja,

los brazos en torno de las piernas, y el puño donde tenía el pájaro entre las rodillas. Levantó los ojos a la oscuridad, que era roja en ese instante, y dijo en voz baja: "Si existes, Dios mío, haz que este pájaro reviva". Mientras lo decía, fue apretando poco a poco el puño, hasta que sintió en los dedos la ligera fractura de los huesos, la curiosa inmovilidad del cuerpecito.

Un momento después, contra su voluntad, Miguel pensó en María Luisa, la sirvienta, que cuidaba del canario. Y luego, cuando por fin abrió la mano, fue como si otra mano, una mano más grande, le hubiera tocado la espalda: la mano del miedo. Se dio cuenta de que el pájaro no reviviría. Dios no existía, luego era absurdo temer su castigo. La imagen e idea de Dios salió de su mente, y dejó un vacío. Entonces, por un instante, Miguel pensó en la forma del mal, en Satanás, pero no se atrevió a pedirle nada.

Se oyó el ruido de un motor en lo alto: el auto de sus padres entraba en el garaje. Ahora el miedo era de este mundo. Oyó las portezuelas que se cerraban, tacones de mujer en el piso de piedra. Dejó el cuerpecito del canario en el suelo, cerca de la esquina, buscó a tientas un ladrillo suelto y lo puso sobre el pájaro. Oyó la campanilla de la puerta de entrada, y subió corriendo a recibir a sus padres.

—¡Todas las luces encendidas! —exclamó su madre cuando Miguel la besaba.

—¿Qué estabas haciendo allá abajo? —preguntó su padre.

—Nada —dijo Miguel—. Tenía miedo. Me da miedo la casa vacía.

La madre recorrió la casa apagando las luces, en el fondo asombrada del miedo de su hijo.

Ésa fue para Miguel la primera noche de insomnio. El hecho de no dormir fue para él lo mismo que una pesadilla, sin la esperanza de llegar al final. Una pesadilla estática: el pájaro muerto debajo del ladrillo, y la jaula vacía.

Horas más tarde, oyó que se abría la puerta principal; había ruidos de pasos en el piso inferior. Paralizado por el miedo, se quedó dormido. María Luisa, la sirvienta, había llegado. Eran las siete; el día aún estaba oscuro. Encendió la luz de la cocina, puso su canasto en la mesa, y, como acostumbraba, se quitó las sandalias para no hacer ruido. Fue a la sala y levantó la cobertura de la jaula del canario. La puertecita estaba abierta; la jaula, vacía. Después de un momento de pánico, durante el que permaneció con los ojos clavados en la jaula que se balanceaba frente a ella, miró a su alrededor, volvió a cubrir la jaula y regresó a la cocina. Con mucho cuidado recogió las sandalias, tomó su canasto y salió de la casa. En la calle, se puso las sandalias y echó a correr en dirección al mercado, donde esperaba encontrar un canario igual al que, según ella, por su descuido se había escapado.

El padre de Miguel se despertó a las siete y cuarto. Cuando bajó a la cocina, extrañado de que María Luisa aún no hubiera llegado, decidió ir al sótano a traer las naranjas para sacar el jugo él mismo. Antes de volver a la cocina, trató de apagar la luz, pero tenía las manos y los brazos cargados de naranjas, así que tuvo que usar el hombro para bajar la llave. Una de las naranjas cayó de su brazo y rodó por el suelo hacia una esquina. Volvió a encender la luz. Dejó las naranjas sobre una silla, hizo una bolsa con las faldas de su bata, y fue a recoger la naranja que estaba en la esquina. Y entonces notó el ala del pajarito que asomaba debajo del ladrillo. No le fue fácil, pero pudo imaginar lo que había ocurrido. Nadie ignora que los niños son crueles; pero, ¿cómo reaccionar? Los pasos de su esposa se oían arriba en la cocina. Se sentía avergonzado de su hijo, y, al mismo tiempo, se sintió cómplice con él. Era necesario esconder la vergüenza, la culpa, como si la falta hubiera sido suya. Levantó el ladrillo, guardó el cuerpecito en el bolsillo de su bata, y subió a la cocina. Luego fue a su cuarto para lavarse y vestirse.

Minutos más tarde, cuando salía de la casa, se encontró con María Luisa que volvía del mercado, con el nuevo canario oculto en el canasto. María Luisa lo saludó de un modo sospechoso, pero él no advirtió nada. Estaba turbado; tenía el canario muerto en la mano que escondía en el bolsillo.

Al entrar en la casa, María Luisa oyó la voz de la madre de Miguel en el piso de arriba. Dejó el canasto en el suelo, sacó el canario, y corrió a meterlo en la jaula. Con aire de alivio y de triunfo, levantó la cubierta. Pero entonces, cuando descorrió las cortinas de los ventanales y los rayos de sol tiñeron de rosa el interior de la sala, notó con alarma que una de las patas del pájaro era negra.

Miguel no lograba despertarse. Su madre tuvo que llevarlo cargado hasta la sala de baño, donde abrió el grifo y, con la mano mojada, le dio unas palmaditas en la cara.

Miguel abrió los ojos. Luego su madre lo ayudó a vestirse, bajó con él las escaleras, y lo sentó a la mesa en la cocina. Después de dar unos sorbos del jugo de naranja, Miguel consiguió deshacerse del sueño. Por el reloj de pared supo que eran las ocho menos cuarto; María Luisa no tardaría en entrar a buscarlo, para llevarlo a la parada del autobús de la escuela. Cuando su madre salió de la cocina, Miguel se levantó de la mesa y bajó corriendo al sótano. Sin encender la luz, fue a buscar el ladrillo en la esquina. Luego corrió hasta la puerta y encendió la luz. Con la sangre que golpeaba en su cabeza, volvió a la esquina, levantó el ladrillo y se convenció de que el canario no estaba allí.

Al subir a la cocina, se encontró con María Luisa; la evadió y corrió hacia la sala, y ella corrió tras él. Al cruzar la puerta, vio la jaula frente al ventanal, con el canario que saltaba de una ramita a otra, y se detuvo de golpe. Hubiera querido acercarse más, para asegurarse, pero María Luisa lo agarró de la mano y lo arrastró hacia la puerta de la calle.

Camino de la fábrica el padre de Miguel iba pensando en qué decirle a su hijo al volver a casa por la noche. La autopista estaba vacía; era una mañana singular: nubes densas y llanas, como escalones en el cielo, y abajo, cortinas de niebla y luz. Abrió la ventanilla, y en el momento en que el auto cruzaba por un puente sobre una profunda cañada, quitó una mano del volante y arrojó el pequeño cadáver.

En la ciudad, mientras esperaban el autobús en la parada, María Luisa escuchaba el relato de la prueba que Miguel había recibido. El autobús apareció a lo lejos, en miniatura en el fondo de la calle. María Luisa se sonrió, y le dijo a Miguel en tono misterioso: "Tal vez ese canario no es lo que parece. Hay que mirarlo de cerca. Cuando tiene una pata negra, es del diablo". Miguel, la cara tensa, la miró en los ojos. María Luisa lo cogió de los hombros y le hizo girar. El autobús estaba frente a él, con la puerta abierta. Miguel subió el primer escalón. "¡India bruja!", le gritó a María Luisa.

El autobús arrancó. Miguel corrió hacia atrás y se sentó junto a la ventana en el último asiento. Sonó una bocina, se oyó un rechinar de neumáticos, y Miguel evocó la imagen del auto de su padre.

En la última parada, el autobús recogió a un niño gordo, de ojos y boca rasgados. Miguel le guardaba un lugar a su lado.

–¿Qué tal? –el niño le preguntó al sentarse.

El autobús corría entre los álamos, mientras Miguel y su amigo hablaban del poder de Dios.

El pagano

La lluvia había cesado y la luz del sol, templada por cortinas transparentes, entró en el espacioso comedor. Un hombre, a la cabecera de la mesa, una mujer y tres niñas comían el postre en silencio. Era un silencio pesado. A la derecha del padre, había un lugar vacío, un pedazo de pastel comido a medias.

"Eres un mentiroso", le había dicho el padre. Desde su poca altura, el hijo lo había mirado sin decir nada. Pelos negros asomaban por la nariz del hombre, que veía al niño casi con desprecio. El niño, conteniendo el llanto, se había levantado de la mesa, y se había encerrado en su cuarto. Se tendió en la cama y abrió un libro, para distraerse.

Más tarde se levantó y fue a mirarse en el espejo. Hacía algún tiempo que su cara había comenzado a gustarle. En sus labios, que antes le parecían demasiado gruesos, ahora descifró una expresión de fuerza y de humor. Sus ojos eran castaños, y si los entrecerraba, bajo las cejas oscuras, miraban como los de un hombre. Se arregló el cabello y salió al corredor. Calladamente bajó las escaleras y salió por la puerta trasera al jardín.

La caballeriza no estaba lejos de la casa. Era un edificio de bloque con techo de lámina. La luz oblicua entraba por una alta buhardilla, trenzas de ajo colgaban aquí y allá para ahuyentar a los murciélagos, y el aire olía a afrecho y a orín. Uno de los caballos resopló al sentir que alguien llegaba. El niño entró en el tramo de una yegua negra y la ensilló.

Al montar, dejó de ser el hijo de su padre, para convertirse en un guerrero. Salió al trote por la calle de tierra, y cabalgó hacia los montes que rodeaban la ciudad. Niños descalzos, lavanderas, mendigos y borrachos le veían pasar —envidia, odio, deseo, admiración. Pronto las chozas quedaron atrás, y empezó a subir por un sendero entre los árboles. El distante ruido de los autos que corrían por la carretera era un sonido hostil. Era el camino del hombre blanco. El sol rojo caía entre las nubes. Al llegar a la cima tiró de las riendas y se alzó en los estribos para mirar alrededor. Fue a galope hacia la garganta sobre la que pasaba el acueducto antiguo, pues desde ahí podría, sin ser visto, contemplar la carretera que serpenteaba abajo.

Ató la yegua en el lugar acostumbrado, escondida detrás de unas encinas, y bajó por el declive hasta el andén. En mitad del puente se detuvo y se agachó. Aquí faltaban piedras en el parapeto, y por una grieta podía verse el ejército de autos que tarde tras tarde vomitaba la ciudad. Las antiguas piedras estaban peligrosamente flojas. Hacía días que la idea se le había presentado —la idea de dejar caer una piedra y, como un dios, desde lo alto, cambiar el curso de la vida de un mortal.

"¿Por qué lo hiciste? —le preguntaría el dueño del largo coche negro escogido por la piedra—. ¿Por qué?" Sujetado por los brazos del chofer, él trataba de soltarse. Por fin, dándose por vencido, decía: "Si me permite, señor, tal vez pueda explicarle. He estado viniendo al puente de algún tiempo a esta parte, para ver los autos pasar. Es algo digno de verse, si uno logra olvidarse de todo, olvidarse de sí mismo, olvidar el puente y el camino, para que sólo quede la corriente de luces, o las dos corrientes, una roja y una blanca. La otra noche estuve pensando, Dios, quién no podría pasar bajo mis pies en este instante. Entre la multitud de autos, podría ser un asesino lo mismo que un santo. Alguien que tuviera la llave del enigma de mi vida, o la de mi perdición. Pero, señor, ¿quién es usted? ¿Y por qué cayó mi piedra sobre su auto?"

La piedra sobre la que se apoyaba estaba cubierta de musgo. Se movió ligeramente. Levantó el musgo con la uña; la piedra era porosa. Comenzaba a oscurecer y las luces de los autos estaban encendidas. ¿Qué sucedería si el auto sobre el que la piedra caía iba conducido por una mujer? El auto sería rojo; no lograba imaginar a la mujer. Su uña estaba negra y la piedra, desnuda. Tal vez un ángel malo andaba por ahí, porque pensó: "Empújala, ahora"; pero la voz que oyó era su propia voz.

Empujó la piedra.

Se oyó un rechinido de neumáticos, y luego el estruendo de autos que chocaban —dos, tres, cuatro. Por un momento hubo silencio. Se puso de pie y echó a correr, doblado hacia adelante, cubierto por el parapeto. Al llegar al final del acueducto, miró para abajo. Desde el caos en medio del camino, un hombre alzó la mano y señaló a donde él estaba.

—¡Alto ahí! —gritó.

Él saltó al sendero y siguió corriendo. Los hombres gritaban; dos de ellos comenzaron a subir tras él por la vertiente. Corría, se resbalaba; los gritos eran proyectiles arrojados a sus espaldas. Si conseguía llegar al encinal antes que los hombres alcanzaran la altura del puente, estaría a salvo. Le parecía curioso el ver que, mientras su atención se concentraba en evitar las raíces y agujeros del sendero, iba pensando que hubiera preferido no estar solo, para tener más tarde alguien con quien comentarlo. Dio un traspiés y rodó por el suelo. Los hombres no se veían, pero sus voces sonaban cerca. Se metió en el encinal y paró a cobrar aliento. Ya estaba oscuro entre los árboles. Llegó junto a la yegua; comenzaba a desatarla, cuando una voz —la voz de un niño— le hizo volverse.

—Te vi —le dijo.

Él miró como si no comprendiera.

—Te vi tirar la piedra —era la voz de un chantajista.

Las crines de la yegua estaban enredadas; una mosca se le paró en la oreja; la sacudió. Reflejada en su ojo negro, encontró la solución: la camisa del otro niño y la suya eran blancas.

—Me viste —le dijo, soltando las riendas.

Tenían la misma estatura; él llevaba botas y su rival iba descalzo. Bajó la cabeza. Se cumplían las palabras de su padre. La yegua mordió el freno, y él saltó sobre el otro, que cayó de espalda en el suelo. Se sentó a horcajadas sobre él. Le dijo entre dientes:

—No me viste. Yo te vi a vos.

Le dio un puñetazo en la boca. Apretó las rodillas: el otro se retorcía.

Cuando los dos hombres, jadeantes, llegaron a su lado, se puso de pie.

—Lo vi —dijo, señalándolo—. Lo vi empujar la piedra.

El niño escupió sangre y se llevó las manos a la boca.

Uno de los hombres, cuya frente sangraba, lo agarró de la camisa y lo pateó.

—Arriba —le dijo—. Vamos a ver si mataste a mi mujer, desgraciado.

El niño lloraba. Trató de defenderse, pero con la boca llena de sangre le costaba hablar, y no había dicho tres palabras cuando el hombre le dio una bofetada. La yegua alzó una mano y la dejó caer. Su amo puso el pie en el estribo.

—¿Cómo te llamas? —preguntó el otro hombre cuando la hubo montado.

Él dijo su nombre. Su voz produjo una resonancia incómoda. Se apresuró a añadir:

—Siento lo de su mujer.

Los hombres, con el niño descalzo, salieron del encinal.

Dio vuelta a la yegua y se alejó despacio, porque el camino era angosto y ya no había luz.

Aunque se decía que no tenía nada que temer, que su palabra valía más que la del otro, sus piernas temblaban y estaba intranquilo. "No había otro camino", pensaba. Y por otra parte: "Eres un mentiroso", su padre insistía.

Estaba bien que fuera de noche, que la yegua fuera negra, y que en el mundo de los hombres no hubiera nada seguro. Desde una vuelta del sendero se vio por un instante la ciudad iluminada; era como si volviera de un lugar lejano. El final de la jornada estaba cerca. El humo salía de las chozas, y la yegua avivó el paso.

Se sintió vulnerable al desmontar. Tomó un puñado de sal de un cubo y se lo dio a la yegua; le gustaba sentir la lengua áspera en la palma de la mano. Le acarició el cuello y el pecho, y corrió hacia la casa.

La mesa estaba servida. Todos parecían estar de buen humor.

—¿Hasta dónde llegaste? —le preguntó su madre.

—No muy lejos —dijo él. Miró a sus hermanas y empezó a cortar la carne. No quería que le hicieran más preguntas.

Nadie le creería si contaba lo ocurrido. Le hubiera gustado hablar de ello con alguien, pero el poseer un secreto también era bueno. Le daba risa pensar que su secreto era impenetrable, que ni siquiera él mismo lo podría traicionar.

Su padre lo observaba.

—Mírate las manos —le dijo.

La uña negra resaltaba contra el mantel blanco.

—¿Qué estabas haciendo? —le preguntó.

Él levantó la mano, como si quisiera verla con más luz. Se volvió hacia su padre, pensando: "No soy un mentiroso", y se dio cuenta de que iba a decirle la verdad.

—No estoy seguro —dijo—. Creo que maté a una mujer.

Sus hermanas se rieron.

—No es broma —dijo él—. Dejé caer una piedra desde el puente, y ella estaba abajo.

—Júralo —le pidió su hermana menor.

—Lo juro.

—¿Por qué te gusta mentir? —le preguntó su padre.

Él se limpió la boca y miró la servilleta. No pensaba hacerle caso. Se recostó en la silla y cruzó los brazos.

Su madre le ofreció la fruta.

—¿En qué estás pensando? —le preguntó.

Se imaginaba al otro, que pagaba por él: un cuarto húmedo, sin luz.

—En nada —respondió.

Hubo un silencio. Luego terminaron de cenar.

EL AGUA QUIETA

En el fondo de cieno y guijas de la laguna, descansaba el cuerpo de un hombre, los ojos abiertos, como si mirase el sol líquido de un cielo inferior. Un pequeño pez negro y amarillo nadaba al lado de la pierna; otro hurtaba mordiscos a la oreja. Hacía tiempo que yacía ahí, abajo, y su forma quieta era ya parte del paisaje de agua. El semblante parecía estar en paz, pero una curva de asco se borraba y volvía a dibujársele en los labios. El pelo y las algas se mecían al vaivén suave del oleaje. Mientras el fango lo cubría, el cuerpo fue cambiando poco a poco; los ojos, que al principio estaban ahuecados, resalían de la cara hinchada. No quedaba color en las pupilas, que sólo habrían visto oscuridad. El vientre se puso enorme y una noche, del fondo negro, subió el cuerpo lentamente; su huella se borró del fango, y la carne salió al aire y fue llevada por las olas hasta la orilla.

El comisario de la policía de Flores se inclinó sobre el cuerpo con un pañuelo apretado a la nariz. Pocas cosas le disgustaban tanto como una muerte sin motivo, y sus ojos inyectados buscaban, lentamente, algún indicio de violencia. Nada descubrió; sólo las huellas de las manos de los pescadores que lo hallaron y lo sacaron del agua, y las mordidas de los peces en la cara y las manos, cerradas en puño. El comisario ordenó que las abrieran: en una, no había nada; la otra tenía un poco de tierra y una piedra. Por la estatura parecía que era un extranjero. El comisario irguió la cabeza y dobló el pañuelo.

Richard Ward, norteamericano, de cincuenta años, había llegado hacía nueve meses al Petén. Había comprado un terreno a orillas de la laguna de Itzá, donde hizo construir una casita. Tenía la intención de retirarse a vivir allí con su mujer, Lucy, que aguardaba sus noticias en Wisconsin para reunirse con él. Dos semanas antes de que el cuerpo fuera encontrado, Richard Ward había sido visto en algún almacén de Flores, y después había desaparecido. Su sirviente, Rafael Colina, fue conducido a la comisaría, donde lo interrogaron inútilmente. En vano se registró su choza, en el terreno de Ward. Lo tuvieron preso algunas horas, y después de darle los palos rutinarios, le dejaron salir.

Lucy Ward llegó a Flores un húmedo domingo de septiembre. Era gorda, con cierta gracia en los miembros. En la comisaría le entregaron la cajita con las cenizas: 37, se leía en la tapa; "Sr. R. Ward". Un auto de la policía la llevó hasta el terreno, donde la esperaba Rafael.

Recorrió la propiedad, examinando el paisaje con los ojos atentos de quien mira un cuadro abstracto que no llega a comprender; se dio cuenta, con sorpresa, de que le gustaba. Entró a ver la casita, y decidió pasar allí la noche. Más tarde, antes de dormirse, pensó en su esposo, y le agradeció el haber encontrado ese lugar. Probaría a vivir allí algún tiempo.

Desde el principio fue como si la ausencia de compañía humana, que había temido extrañar, hubiera sido suplida por la vida febril de las plantas, por la actividad de los insectos, y por la presencia tenue de Rafael. Poco a poco iba descubriendo los pequeños milagros de la selva, y aprendió a aceptar las inconveniencias; las hormigas ubicuas, el sudor eterno, los mosquitos del crepúsculo y del amanecer.

Por las noches, después de la cena, salía a sentarse en la mecedora, y se quedaba oyendo las voces de la tierra con su metálico ritmo adormecedor. De día le gustaba andar entre los árboles por un sendero angosto que su esposo había abierto. Caminaba hasta cansarse, y se tendía entre las lianas para quedar respirando el olor suave de ramas y hojas muertas. A veces cogía alguna mariposa rara, o cortaba flores sin nombre.

Una noche de lluvia incesante, el ruido del agua en el techo de palma no le dejaba dormir, y por primera vez la inquietó la muerte de su esposo. El miedo fue entrando en ella como el agua que comenzaba a colarse en el cuarto. Una gota gruesa cayó junto a la almohada; empujó la cama al centro del cuarto. Relampagueaba. Poco antes de quedar por fin dormida vio, a la luz de un resplandor, a Rafael que la miraba desde la puerta. Abrió y cerró los ojos. Pensó en alargar la mano para encender un fósforo, pero comprendió con alivio que se había engañado; la cara era una mancha en la madera. Respiró profundamente y se hundió en el sueño.

Por la mañana, el sol ya en lo alto, abrió los ojos y oyó a Rafael que trabajaba en la cocina. El aire era dulce con el olor a maíz. Agujas de sol entraban por las rendijas, se oía una mosca que zumbaba. Hizo la cama y se vistió para salir.

Buenas, le dijo Rafael, enseñando los dientes amarillos.

Lucy salió de la cocina y fue a sentarse al corredor.

Rafael puso la bandeja en la mesita al lado de la silla. Estaba sirviendo el café cuando ella volvió la cabeza para mirar a lo lejos y dijo en voz baja: Estaba pensando en don Ricardo.

Él la vio con sorpresa un instante; apartó los ojos e irguió la cabeza. Don Ricardo, dijo. La luz jugaba sobre la laguna. Lucy anduvo hasta la punta del muelle y se tendió sobre una toalla a tomar el sol. Pensaba en el pasado como en algo vacío e impreciso; la memoria se derretía en el calor.

El sol le quemaba la cara. Oyó a Rafael que empujaba su cayuco al agua, y se incorporó para verle remar junto al muelle.

Voy a ver si hay pescado, le dijo, y siguió remando hacia la otra orilla.

Se acostó de bruces. Estuvo mirando las flores blancas bajo el agua, y después cerró los ojos para dejar de pensar.

El calor se hizo intenso. Se tiró al agua y nadó de arriba abajo frente al muelle. Volvió a salir y dejó que la secara el sol. Se dirigió a la casa, cuando la puerta abierta en la choza entre los plátanos le llamó la atención. Miró para atrás —el agua quieta— y anduvo a pasos rápidos hasta la puerta. Asomó la cabeza a la sombra interior.

En una esquina descubrió una gran olla de barro, elevada del suelo por algunas piedras; debajo había cenizas y ascuas muertas. Se detuvo helada en el centro del cuarto. Cerca de su cara, suspendido en el aire, un enorme sapo la observaba. Abrió la boca, y Lucy distinguió el bote de vidrio y el hilo que pendía de lo alto. El sapo se movió, apoyando cuatro dedos en el vidrio. El miedo se convertía en lástima. Tocó el bote con la uña, y el sapo subió y bajó los párpados. La tapa había sido agujereada con un clavo, y en el fondo había briznas verdes y una mosca. Lo hizo girar, y acercó la cara para examinar las manchas en la piel del sapo.

Se oyó un lejano ruido hueco de madera. Miró por la puerta el cayuco a media laguna. Rafael remaba de pie, un golpe a la derecha, uno a la izquierda, sin quitar la vista de la orilla. Lucy sintió un hilo que le corrió por la espalda, y vio que el pelo le escurría. Salió de la choza; en el suelo de tierra quedó una figura de gotas de agua.

Esta tarde Rafael le sirvió un cocido de pescado. Ella lo probó sin gusto, y dejó el plato casi intacto. Rafael le preguntó si algo estaba mal con la comida. No, la comida estaba bien; el sol le había arruinado el apetito. En cuanto Rafael se retiró a la choza a dormir la siesta, Lucy entró en la cocina a arreglarse un plato de fruta.

Tendría que hablar con Rafael. Era una crueldad lo que hacía con el sapo. Recordó la piel tortuosa, los ojos tristes tras el vidrio. Sentada en el corredor, estuvo mirando la laguna; pensaba en las cenizas de su esposo.

Dejó la mecedora y anduvo en silencio –había silencio en la tarde– hasta la puerta entreabierta de la choza. Rafael, en cuclillas de espaldas a ella, jugaba con el sapo que había sacado del bote, acosándolo con una vara. El sapo, arrinconado, se hinchaba en amenaza; sobre sus ojos saltaban puntas negras como cuernos.

Retrocedió algunos pasos y llamó con voz fuerte: ¡Rafael!

Rafael se levantó de un salto y sacó la cabeza.

Disculpa, le dijo ella. Necesitaba unos limones. ¿Tal vez podrías ir a la tienda?

Cuando Rafael desapareció por el camino de la aldea, Lucy descorrió el pasador y empujó la puerta. El sapo estaba otra vez en el bote. Desenroscó la tapa, puso el bote en el suelo, y, con el pie, hizo salir al sapo por la puerta. Echó el cerrojo y regresó al corredor. El sol se acercaba al horizonte.

Rafael volvió al oscurecer. No había limones, dijo al pasar frente a ella, y siguió andando hacia la choza. Lucy se quedó mirándolo, meciéndose en la silla. Lo vio abrir la puerta, entrar, y de pronto volver a salir, como si alguien lo hubiera empujado. Buscó de parte a parte por el suelo; tras las matas que rodeaban la choza, al pie de los plátanos, en el arriate del sendero, entre las cañas. Volvió a buscar en la choza, y después se detuvo a la puerta, mirando hacia afuera.

¿Qué pasa?, le gritó Lucy. Lo vio acercarse, baja la cabeza.

Alguien se metió en mi casa.

Los mosquitos le picaban. ¿Alguien? ¿Cuándo?

Rafael miró para atrás. ¿No vio a nadie?

La luna estaba llena, el aire no se movía. Antes de la cena, Lucy salió a mirar el cielo desde la orilla. Sabía que Rafael se resentía por la mentira. Por un momento tuvo el deseo de confesar la culpa, pero por lo pronto el silencio le pareció lo mejor.

La mesa estaba servida. Se terminó el pescado, aunque sin ganas; quería complacerlo. (Ahora sentía lástima por él.) Le pidió perdón, en voz baja. Rafael se sirvió su plato y le dio las buenas noches. Cuando la vela se apagó en la choza, Lucy entró a su cuarto.

A media noche un peso en el vientre le hizo despertarse.

Lo sintió subir por el pecho. Era algo frío; ahora andaba por el cuello, y se detuvo en la boca. No podía moverse; sus miembros eran pesados. Y entonces vio al sapo que se hinchaba...

Arrojó las sábanas y saltó de la cama. Un líquido amargo le raspaba el paladar; quería sacarlo. Encendió una linterna y corrió al baño. Se arqueó. Dejó correr el agua y se mojó la cabeza. Se sentó en la alfombra, y después no pudo levantarse. Miraba en el espejo la luz de la linterna.

CÁRCEL DE ÁRBOLES

Prólogo

> *We may say that thinking is essentially the activity of operating with signs. This activity is performed by the hand, when we think by writing; by the mouth and larynx, when we think by speaking; and if we think by imagining signs or pictures, I can give you no agent that thinks.*
>
> WITTGENSTEIN
> *The Blue Book*, 6

La doctora Pelcari y el consejero de Estado anduvieron a pasos rápidos hacia los árboles. Bajo los árboles estaba oscuro.

Caminaban por un túnel con arena amarilla y hojas muertas. A derecha e izquierda, a distancias iguales, había estacas rematadas en T, cada una con un loro, con su cadenita y su comedero a los pies. Algunos loros gritaban, estridentemente:

—¡Pri! ¡Pri!

—¡Tir!

—¡Ziii!

La doctora se detenía frente a las estacas y leía los signos grabados en el palo. Hablaba con un loro.

—Sar, sar —decía el loro.

La doctora le quitaba los grillos al loro, le pedía la pata; el loro se la daba. Llevaba un loro en cada hombro. El de la izquierda le mordía suavemente la oreja y luego le tiraba del cabello.

—No, lorito —decía la doctora.

—Fin, fin —decía el otro loro.

Seguían avanzando por el túnel.

—¿Le importaría ayudarme? —le preguntó la doctora al consejero—. Necesitamos treinta loros. Tendremos que hacer varios viajes más.

—Con mucho gusto —dijo el consejero.

El loro que la doctora le pedía que cogiera levantaba una pata, luego la otra, gritando:

—¡No! ¡No! ¡No!

Salieron del túnel de árboles y anduvieron con su carga de loros a través de una verde gramilla. En el fondo estaba la casa, blanca y colonial.

Subieron a una amplia habitación de techo alto, que miraba por sus ventanales sobre un verde y esponjoso mar de árboles. Engarzado en el centro del piso había un disco de aluminio de cinco o seis varas de diámetro, dividido en secciones desiguales, a la manera de un pastel. En cada sección había cierto número de agujeros, del tamaño adecuado para introducir en ellos el cuerpo de un loro. La doctora colocaba a los loros en el disco de acuerdo con un plano. Las cabecitas, verdes y amarillas, asomaban por encima de anillos de distintos colores, los que la doctora enroscaba con cuidado a la boca de cada agujero. Los loros refunfuñaban, "Ter", "Mor, mor", "Sar", "A", pero no podían escapar.

–¿Qué dicen? –preguntó el consejero–. No entiendo nada.

La doctora lo llevó hasta una casilla de vidrio y madera en el otro extremo de la habitación. Aquí había dos sillas frente a una consola con dos pantallas y el teclado de un ordenador. La doctora se sentó y ofreció la otra silla al consejero.

–Vamos a escuchar cuatro versos de Darío –dijo la doctora–, si no le parece mal.

–Versos, qué bien –dijo sonriendo el consejero.

La doctora introdujo un disquete en la ranura y encendió una de las pantallas del ordenador. Se oyó el sonido "bip" y la doctora comenzó a pulsar el teclado. Los anillos que sujetaban a los loros por el cuello se encendieron con una suave luz. Los loros, todos a una, se callaron.

Años atrás la doctora había soñado con un edificio dorado y transparente, en el centro de una gran ciudad. Nunca llegó a determinar el número de pisos y de celdas que lo compondrían, pero sabía que al igual que el túnel de árboles y loros, parecería interminable. Las celdas, pequeñas pero no del todo incómodas, no se comunicaban unas con otras sino por el sonido. Lo que decía el hombre en la primera celda lo oían el hombre que estaba en la segunda, el que estaba en la tercera, el que estaba en la cuarta, y así hasta la última. El círculo de aluminio con los loros era el sueño de la doctora Pelcari reducido a la realidad. Si lograba convencer al consejero de que para pensar los hombres necesitaban palabras —creía la doctora— tal vez podría hacer que la realidad se elevara al ideal.

La doctora le dio un par de audífonos al consejero y apretó el botón que decía *control*.

—Listo —dijo—. Van a comenzar.

Las luces de los anillos en el disco se habían apagado. De pronto comenzaron a encenderse y apagarse alternativamente, y el consejero oyó:

Ma-sa-pe-sar-del-tiem-po-ter-co
mi-se-dea-mor-no-tie-ne-fin
con-el-ca-be-llo-gris-mea-cer-co
a-los-ro-sa-les-del-jar-dín

La última sílaba sonó tan alta que el consejero sintió un escalofrío. Se quitó los audífonos, se puso de pie y abrió la puerta de la casilla. La doctora pulsó tres veces el espaciador. Los loros, impecablemente, repitieron:

Ma-sa-pe-sar-del-tiem-po-ter-co
mi-se-dea-mor-no-tie-ne-fin...

—Es una voz infernal —dijo el consejero.

—Son loros, qué quiere —replicó la doctora—. Pero tiene que reconocer que las frases fueron claras y que no se distinguió más que una voz. No son treinta loros que cantan al unísono. Son treinta loros concertados de tal forma que entre todos producen la línea de una sola voz.

El consejero de Estado miraba con ojos entreabiertos a la doctora.

—Y me asegura usted que si esos loros fueran racionales comprenderían lo que dicen, y si en lugar de recitar un poema pronunciaran una orden, la ejecutarían luego, sin pensar.

—Tal vez podrían pensar —dijo la doctora. Se encogió de hombros y se pasó la mano por la cabeza—. Pero sólo hasta cierto punto, y seguramente habrá quien diga que eso no sería en realidad pensar, porque cada uno por separado no podría disponer más que de un signo o dos.

El consejero salió de la casilla y anduvo pensativamente de un extremo a otro de la habitación. Se detuvo junto al disco y se inclinó para mirar a los loros. Regresó a la casilla y volvió a sentarse al lado de la doctora.

—¿Cuántos individuos necesitaría para componer una orquestina? Racional, quiero decir.

—Depende —dijo la doctora, poniéndose de pie. Apagó la pantalla del ordenador, oprimió algunos botones. Las luces en el disco se apagaron, y los loros comenzaron a mover las cabezas y a protestar—. Podría formarse una con diez. Pero el número de órdenes que podría concertar con ellos limitaría su inteligencia a la de un idiota. Con cien el nivel, claro, subiría. Sería como tener a su servicio una pandilla de salvajes. Con mil...

—¿No hay límites?

—Seguramente los hay; todavía no los veo.

—¡Maravilloso! —exclamó el consejero—. Los hombres que voy a ¿prestarle?, usted sabe, están, justa o injustamente, no lo sé, condenados a muerte. Yo quiero salvarlos, aunque el riesgo que corro si la cosa se descubre es grande. No lo hago por altruismo. Pero como yo no creo en la pena de muerte... Eso sí, creo en el progreso. Comienzo a creer en su invento.

La doctora se sonreía.

—Gracias —dijo—, gracias. También puede creer que el trabajo de esos hombres no tardará en enriquecerlo.

Cárcel de árboles

On peut donc penser qu'il existe un réseau neuro-
nique spécifique pour chacun des fragments d'expé-
rience linguistique, qu'il s'agisse de chaque phonèma,
de chaque mot qui constituera dans notre cerveau le
support matériel, l'engrame, de chacune de ces expé-
riences verbales élémentaires. On est, ainsi, amené
à admettre qu'il existe un réseau propre au mot
"mère", différent des réseaux des syllabes "mè" et "re"
eux-mêmes différents des réseaux propes de la re-
preséntation des phonèmas ou des lettres "m", "è",
"r", "e".

J. Barbizet y Ph. Duizabo
Neuropsychologie, III, 29

El doctor William Adie, médico practicante y residente en
Gallon Jug, dormía el sudoroso sueño de la siesta cuando
lo despertaron los gritos de los niños. Los oía correr de un
lado para otro, frente a la vieja casa que servía de hospital.

El doctor Adie se levantó del maltrecho camastro y acercó la cara al cedazo de la ventana, que olía a óxido y a polvo.

—¿Qué pasa? —preguntó en español, porque estos niños no eran negros y hablaban poco inglés.

Los niños respondieron todos a un tiempo, y el doctor Adie no entendió más que tres palabras, "hombre", "río", "morir".

—Ahora voy.

Se mojó la cara en la palangana que usaba como lavabo, se puso la camisa, todavía húmeda, y salió al corredor.

Los niños, que eran cinco, trotaban delante de él por el polvoriento camino que llevaba al río. El doctor conocía a los niños, porque de vez en cuando llegaban a la clínica para ofrecerle cangrejos o pescado. El río, que se llamaba Azul, era marrón. Se deslizaron por el declive bajo el puente, y anduvieron algunos metros por el maloliente fango de la orilla.

En un estrecho claro entre los mangles, en posición fetal, inmóvil y palúdico, yacía el hombre. Su largo pelo y su desnudez hicieron que el doctor pensara en un lacandón; pero cuando le dio la vuelta y le vio la cara decidió que se trataba de un enfermo. Con los brazos cruzados sobre el vientre el hombre apretaba un cuaderno de pasta negra que el doctor no le pudo arrancar.

Ayudado por Dandy Walker, un fornido negro y el mecánico local, el doctor Adie transportó al delirante hombre del río al hospital.

—*The nigger sure needs a bath*—dijo Dandy Walker, que había logrado extraer el cuaderno del abrazo del hombre y comenzaba a hojearlo—. ¿Usted lee el español, doctor?

—Muy poco —dijo el doctor.

Bañaron al hombre en la pila del patio. Después de desinfectar heridas y rasguños en los brazos y las piernas del hombre, el doctor Adie le cortó el pelo y le rasuró la cabeza.

—Alguien hizo de su coco un colador —dijo Dandy Walker cuando vio la red de cicatrices que marcaban la cabeza del hombre.

El doctor Adie entró en la casa y regresó al patio con una bata vieja.

—Abrió los ojos —le dijo Dandy Walker—, pero al verme los volvió a cerrar.

Le pusieron la bata al hombre y lo llevaron a un pequeño cuarto con una colchoneta y barrotes en la ventana.

El doctor Adie se despidió de Dandy Walker y cerró la puerta del hospital. Luego se dirigió a la oficina de correos, donde puso un telegrama para el doctor Dax, del departamento de neurología del Hospital General de Belice, en Belmopán. El doctor Adie iba a enviar al enfermo a Belmopán con la avioneta de la compañía maderera, que paraba en Gallon Jug todos los miércoles. Tendría que pasar la noche con el enfermo, pensaba el doctor Adie, y la idea no le parecía divertida. Los tabiques del cuartito donde lo había puesto eran más fuertes que los de su propio cuarto, pero el enfermo, si se ponía violento, no tendría gran dificultad para tumbarlos.

De la oficina de correos el doctor Adie fue a la estación de policía. El sargento estaba ocupado fumigando un cajón de su escritorio que las hormigas habían invadido.

—Aquí no hay dónde encerrarlo solo —dijo el sargento—. Pero en el cuartel tienen celdas. Si me espera un minuto voy con usted.

Cuando el doctor Adie abrió la puerta del cuarto del enfermo, lo vio que estaba de pie junto a la ventana, mirando hacia afuera.

—*Good evening* —dijo el doctor, y luego en español—: Buenas tardes.

El enfermo se volvió. Asintió con la cabeza y produjo un sonido incomprensible.

El sargento entró en el cuarto detrás del doctor.

—Comprende, ¿no? ¿Cómo se llama? —el sargento le preguntó al enfermo.

El enfermo volvió a asentir con la cabeza y luego la ladeó.

—No puede hablar —dijo el doctor.

El enfermo sacudió la cabeza y dio un paso hacia el doctor.

—Yu —dijo—. Yu.

Con el índice derecho hacía signos en la palma de la otra mano.

—¿Quiere su cuaderno? —le preguntó el doctor.

El enfermo asintió.

El doctor Adie fue por el cuaderno. Buscó en el escritorio, en el recibidor, en el patio, en el cuarto de baño, y no lo encontró.

—Tendrá que esperar hasta mañana —le dijo el doctor al enfermo—. Pero le doy mi palabra que lo va a recobrar.

El enfermo seguía describiendo signos con el índice.

—No —le dijo el doctor—. Hoy no.

El enfermo se golpeó la palma con el puño. Se volvió contra la pared y comenzó a rayarla con la uña. El sargento se le acercó por detrás.

—¡No! —repitió, y lo cogió por la muñeca.

El enfermo se dio vuelta y empujó al sargento contra el doctor.

—*Take it easy*, cabrón —dijo el sargento.

El enfermo retrocedió hasta pegar la espalda en la pared del fondo. El sargento iba a sacar la pistola.

—Voy a darle un sedante —dijo el doctor Adie—, y luego lo llevamos al cuartel.

El enfermo se negaba a ingerir las pastillas, así que el doctor le puso una inyección. Después salieron camino del cuartel. El enfermo iba entre el doctor y el sargento, con los brazos en cruz, tambaleándose. Atravesaban una especie de corral, al fondo del cual estaba una barraca verde, cuando un enorme perro negro atado a un árbol de mango comenzó a ladrar. Se abrió la puerta de la barraca y el capitán, con la camisa verde oliva medio abierta, apareció en el umbral. El enfermo hundió los talones en el suelo, retorciéndose, y logró soltarse del sargento y del doctor. Echó a correr hacia la calle, y el doctor y el sargento corrieron tras él. Lo alcanzaron a los pocos metros. El sargento le dio un puñetazo en las costillas, y el enfermo dejó de forcejear. Lo arrastraron hasta una celda de bloque en la parte trasera del cuartel.

Del cuartel, el doctor Adie fue a buscar a Dandy Walker al taller; lo recordaba en el acto de hojear el cuaderno del enfermo. Los pies de Dandy Walker asomaban por debajo del chasis de un viejo camión.

–*Evening*, Dandy –llamó el doctor.

El negro salió trabajosamente de debajo del camión. Tenía la cara y las manos cubiertas de grasa negra. El doctor le preguntó por el cuaderno.

–Es indescifrable –le dijo Dandy Walker, limpiándose las manos en el pantalón–. Y le faltan varias hojas. Lo puse en el cajón de la mesita del recibidor.

El doctor Adie invitó a Dandy Walker a tomar una cerveza en la cantina. Después volvió al hospital.

Cenado y limpio, el doctor Adie encendió una lámpara de gas y la puso en la mesita de noche junto a sus anteojos, una pluma y un fichero de plástico. Fue a su escritorio y volvió con el cuaderno y un pequeño diccionario español. Colocó dos almohadas contra la cabecera del camastro. Se metió entre las sábanas, se puso los anteojos, abrió el cuaderno y comenzó a leer:

De pronto, me parece que veo el dibujo.

Es de noche. Creo que soy el único que está despierto, atado con una cadena al tronco de un árbol, igual que los otros. Las ramas del árbol obstruyen el cielo.

Primero encontré el cuaderno, hacia el final de un atardecer más allá del cual no guardo recuerdos. Era un rectángulo oscuro entre la hierba. Lo recogí, lo abrí, lo cerré y volví a abrirlo. Hice pasar las páginas, no una por una, sino rápidamente, usando el pulgar. Me gustó el rumor que produjeron, y su extraño olor, que llegó a mis narices con una corriente de aire. Hundí la cara entre dos hojas, respiré.

No recuerdo cómo ni dónde encontré la linterna. Es cromada, más bien pequeña, con finas estrías al hilo y la punta o cabeza roja, donde tiene un cristal de aumento por el que sale un delgado rayo de luz.

La postura que observo, mientras escribo, tiene como objeto evitar que nadie vea mi luz. De noche, parejas o tríos de guardias pasean por las avenidas debajo de los árboles, fuera del alcance de nuestras cadenas, con armas de fuego y con perros. Una noche la aguja de luz se movió sobre el papel y sin duda trazó las primeras palabras.

Un mediodía encontré la caja de lápices, largos y amarillos, entre las hojas verdes. Yo trabajaba escarbando la tierra con los dedos en un sitio inclinado a pocos metros del arroyo. Dejé de trabajar y bajé hasta la orilla, sin razón, pues no tenía sed. Vi, medio hundida en el agua, una gran ala de metal, torcida, rota.

Vagamente recordé lo que quizá sea mi primer recuerdo, una luz repentina en la noche y un ruido violento que me hizo saltar. Ahora me parece ver que el ala cayó del aire, y con ella el cuaderno y la linterna. Entonces, vi la caja, transparente, entreabierta, a mis pies.

La cogí y miré a mi alrededor, presintiendo el peligro. Luego me alejé de la orilla y seguí trabajando.

Al anochecer, cuando los guardias me llevaron del sitio de trabajo de vuelta al árbol, yo traía oculta bajo el brazo la caja de lápices. La escondo junto al cuaderno, bajo las hojas secas al pie de mi árbol. Una liana hueca me sirve para esconder la linterna.

No sé cuántas noches pasé sentado ante el grueso tronco de mi árbol, mientras los demás dormían, encorvado hacia adelante con el cuaderno entre las piernas, las que a veces tocaba con el rayo de luz. Los lápices, dentro de su caja, no entraron en juego hasta anoche, cuando abrí la caja y los lápices cayeron. Tomé uno y me lo llevé a la boca. Mordí la goma, la mastiqué. La punta del lápiz, creo, fue la que fue buscando el papel.

No ha habido un proceso, una progresión en el tiempo. El instante en que mi mano comenzó a formar palabras yo comencé a comprender.

Conforme voy escribiendo, mi mano vacila menos y me parece que veo con más claridad. Hoy trabajé en un sitio que no era el de ayer. Por la tarde, cuando volvía al árbol, vi un grupo de guardias que parecían buscar algo en mi antigua parcela. Sospecho que buscaban lo que ya encontré.

Me parece ver un dibujo en la forma en que se repiten nuestros días. Nos levantamos al alba, cuando se oye un tambor. Los guardias desfilan por las avenidas, deteniéndose al pie de cada árbol, para quitar los pernos de los grillos, y nos van arreando uno tras otro hacia una abierta plaza circular. En el centro hay un montículo de piedra. Nos alineamos de espaldas a él. El orden de la formación es muy variable. No me explico lo que ocurre cuando estamos en la plaza; comienzo a oír algo, una voz, una oración. Después olvido. Me parece que nuestras filas forman un día un cuadrilátero; otro, un círculo; otro, una estrella...

Tengo la cara cubierta de vello, igual que los otros, y vivo desnudo. Por los otros, quiero decir los prisioneros; los guardias tienen el pelo corto, no llevan barba y están uniformados de verde y café.

Esta tarde vi a otro prisionero que venía corriendo por la orilla del arroyo, gritando: "¡Er! ¡Er!" Fue alcanzado, y destrozado, por cinco o seis perros. Los guardias, que llegaron al punto, no interrumpieron a los brutos. Cuando éstos por fin se alejaron del cuerpo, uno de los guardias extendió en el suelo un trozo de plástico negro, donde echaron los restos. Entre dos guardias doblaron el plástico para formar una bolsa y se alejaron sin mirarme.

Algunos días se han perdido, porque he dejado de escribir. Esa pérdida, sin embargo, me permite observar: escribir no es simplemente recordar. Escribir es combinar los recuerdos.

Cuando veo algo que ya he visto, sé que ya lo he visto. Veo, por ejemplo, las raíces de un árbol. Digo "Yu", que, entre otras cosas, quiere decir mirar y recordar, y me veo a mí mismo en el acto de observar esas raíces, poco tiempo atrás. Esta clase de reconocimiento me produce un ligero placer.

Mi lenguaje oral no dispone más que del sonido *yu*, que me sirve para pensar, aunque confusamente. Todo lo que veo, todo lo que me ocurre, puede ser significado por el sonido *yu*. De ahí la confusión. Existen variaciones, gracias al número y la pausa, el timbre y la entonación, y estas variaciones me han permitido darle cierta forma al mundo. Pero este pobre lenguaje es insuficiente cuando trato de ordenar o combinar los recuerdos. Es, por así decirlo, un lenguaje estático, que me impide avanzar.

Si no me equivoco, hay alguna relación entre el orden en que nos formamos en la plaza y la labor que ejecutamos durante el día. Lo que hacemos en la plaza, que para economizar papel y lápiz voy a llamar "el canto", me causa un placer que se parece al que encuentro en escribir. No puedo explicarlo.

Durante el canto, mis *yúes* se mezclan con los sonidos que producen los otros. Nada ocurre al principio; de pronto, es como si una complicada máquina de piezas invisibles comenzara a trabajar sobre nosotros. La máquina nos une. Y luego yo me pierdo en mí mismo y olvido que quiero recordarlo todo para escribirlo.

Hacia el mediodía, o al comenzar la tarde, recobro plenamente la conciencia, y me veo a mí mismo en el acto de trabajar. Hoy, un día caluroso, fui reconociendo poco a poco la parcela en la que trabajaba cuando encontré los lápices. Bajé al arroyo, como si buscara algo, pero nada encontré sino el agua. Estuve un rato escuchando el ruido del agua.

No puedo leer lo que escribo. No comprendo las palabras más que durante el propio acto de escribir. No puedo comprobar si me repito o me contradigo.

¿De dónde provienen las palabras que mi mano conoce y yo ignoro? ¿Las podrían producir, igual que yo, los otros prisioneros? La primera pregunta no tiene sentido; es como preguntarme de dónde vengo. La segunda despierta mi curiosidad.

No comprendo para qué trabajamos, si no es por evitar el castigo. Con frecuencia, mi trabajo consiste en limpiar el terreno. Es una limpieza lenta, pues no uso otro instrumento que mis manos. A veces, sin embargo, cuando descubro un objeto, frágil o duro, tengo que usar también mi aliento para levantar el polvo, y las puntas de mi cabello. Hoy no hallé más que ramas y hojas muertas, lo que no le gustó al guardia, que varias veces pasó a mi lado con dos bolsas; una para la basura y otra para los posibles objetos de barro o de piedra.

Comemos una vez al día, con el sol en lo alto. Casi siempre nos dan frutas. A veces nos dan carne roja, con sangre, y a veces una pasta gris, que no me como. Hoy, después de comer, anduve hasta el límite de mi parcela, donde un hilo casi invisible se extiende entre árbol y árbol. Cogí una rama que estaba en el suelo y toqué el hilo. Se oyó un tintinear de campanillas. Un perro, y luego otros, comenzaron a ladrar. Corrí de vuelta al lugar de mi trabajo.

Hoy vi algo que no recuerdo haber visto antes: en el aire, una nube roja, ruidosa, veloz. Son pájaros, que pasan una y otra vez cerca de la copa de los árboles, gritando.

He resuelto poner lápiz y papel al alcance del hombre del árbol vecino, a pesar del riesgo que corro de ser descubierto.

Hoy es la luna llena.

Mi vecino, el de la izquierda, actuó como un idiota. Logré despertarlo a media noche, arrojando terruños a su árbol. Yo había arrancado una hoja del cuaderno, para enrollarla alrededor de uno de los lápices, el que tiré para que el hombre pudiera alcanzarlo. El hombre recogió el lápiz, desenrolló el papel, lo miró por ambos lados. Luego lo olió, igual que yo olí el cuaderno, lo rompió en dos, y se metió un pedazo en la boca. Después de masticarlo un rato, con semblante de asco, lo escupió. Se agachó para recoger el lápiz que había dejado caer, y puso la punta en el pedazo de papel que tenía en la palma de la mano. Por un momento tuve esperanzas. Pero en lugar de escribir, el hombre perforó el papel, una y otra vez. Lo estrujó y lo arrojó hacia la avenida. Partió en dos el lápiz, se acostó junto a su tronco y volvió a dormirse.

No he logrado alcanzar la bolita de papel que quedó a media avenida. Los guardias hicieron la segunda ronda. Uno de los perros estuvo husmeando el suelo en torno a la bolita. Los guardias no hicieron caso; uno de ellos, intencionalmente o no, le puso la bota encima.

He estado a punto de perder el cuaderno.

El vecino de la derecha es peligroso. Lo ocurrido me hace pensar que no ignora para qué sirve el cuaderno.

La noche había comenzado bien, porque el guardia que me puso los grillos dejó mal asegurado el perno, y me pude soltar. A rastras, me acerqué al árbol de la derecha. Llevaba conmigo el cuaderno y dos lápices, pues tenía la intención de despertar al hombre y tratar de enseñarle a escribir, para evitar que el fracaso de mi primera experiencia se repitiera. El hombre, que parecía dormir, abrió los ojos, aunque no del todo, y una sola arruga vertical se dibujó entre sus cejas. Profirió el sonido *zu*. Luego, rápidamente, sus ojos bajaron de los míos al cuaderno y, dando un salto, el hombre cayó sobre mí. Me arrancó el cuaderno. Se agazapó, con el cuaderno pegado al vientre, y me enseñó los colmillos. Un perro ladró, pero lejos. Entonces, yo vi la cadena que ataba al hombre, junto a mis pies. Me agaché despacio, simulando timidez, y produje un débil gemido. Cogí la cadena y tiré de ella con violencia. Las piernas del hombre se levantaron en el aire y él cayó de espaldas con un gruñido. Había soltado el cuaderno, que yo recogí con apuro. Varios perros ladraban, ahora bastante cerca. Corrí hasta mi árbol y me tumbé. Cinco o seis guardias llegaron al poco rato con potentes reflectores.

Cuando se hubieron marchado, yo mismo volví a ajustarme los grillos y aseguré correctamente el perno. Mi vecino, echado junto a su árbol, me observaba. Cuando los guardias llegaron, él también había simulado el sueño. Pienso que hubiera podido delatarme. No sé si atribuir su silencio a su inteligencia o a su estupidez.

He fracasado dos veces, pero no voy a estar contento hasta comprobar si los otros, o algunos de los otros, pueden escribir o pensar como yo.

Es posible que ninguno de los otros pueda escribir; o que algunos puedan; o que todos puedan.

Las distintas reacciones de mis dos vecinos me hacen pensar que la segunda conjetura es la correcta. También podría suponer: los hombres incapaces de escribir son inofensivos; los capaces, no. Así, preveo los riesgos que tendré que correr para entablar el diálogo con un semejante; los quiero correr.

De pronto, me parece que veo el dibujo.

Es de noche. Creo que soy el único que está despierto, atado con una cadena al tronco de un árbol.

Éste es un experimento feliz. Entiendo las líneas que he copiado, escritas el primer día. Me hacen volver a vivir el momento en que las escribí, que yo creía perdido en el pasado.

Hoy cuando trabajaba encontré, además de la basura de siempre, dos piedras de obsidiana, afiladas, del tamaño de mi pie, con forma de pez. Una la entregué al guardia, que como premio me dio un plátano que no estaba podrido. La otra piedra la enterré otra vez. Cuando pueda, voy a traerla al árbol. Creo adivinar el posible uso de esas piedras.

Me conviene observar a los guardias.

Recuerdo vagamente el respeto que me infundían cuando apenas comenzaba a usar el cuaderno; ahora no me infunden respeto, sino el más despreciable temor.

Si pudiera cortarme el pelo y la barba, y si me cubriera con sus ropas, tal vez podría hacerme pasar por uno de ellos. Pero sería descubierto porque no puedo imitar los sonidos de que está hecho su lenguaje. En vano trato de reproducir los regaños e insultos que creo haber oído dirigidos a mí. Pero por más esfuerzos que haga no paso de deformar ligeramente mis *yúes*, haciéndolas nasales, o invirtiéndolas, de modo que en lugar de *yu* pronuncio *uy*.

Creo que mi lenguaje escrito es una versión muy mejorada de mi lenguaje oral. Los dos parecen tener el mismo propósito: el permitirme hablar conmigo mismo; pero con uno, el oral, me parece que el que habla es un ser inferior; con el otro siento que hablo con mi igual, o, a veces, cuando las palabras se siguen fácilmente unas a otras y gracias a ellas concibo ideas nuevas y la forma de mi mundo cambia, es como si hablara con alguien que es mi superior.

La mirada de los guardias no es inteligente. Contrasta lo complejo de su lengua con la simplicidad de su oficio, que, evidentemente, requiere menos discreción que el nuestro. Tengo que reconocer su hegemonía, por las circunstancias; sin embargo, me siento esencialmente superior. Este sentimiento es nuevo; es algo que yo me he ido construyendo, que no me avergüenza y que está íntimamente vinculado al acto de escribir.

Esta superioridad no la siento con relación a los cautivos. Me pregunto si en alguna parte, más o menos alejada de mí, ahora, otro hombre como yo, atado a un árbol, no traza palabras más claras que las mías, no compone frases más acertadas. A ese hombre me gustaría conocerlo, aunque inevitablemente sentiría que yo soy su inferior.

He soñado con el hombre que los perros destrozaron. El hombre producía sonidos parecidos a los que producen los guardias. Yo no comprendía, pero fingía comprender. Quise decir algo. Dije: Yuyuyu. No sé lo que quise decir. El hombre sacudió la cabeza, y dio un paso a la izquierda, para mirar algo que estaba a mis espaldas. Yo volví la cabeza. Detrás de mí había un alto muro negro, en el que se veían columnas de grandes letras.

Otra vez: libre.

La piel de una fruta verde con manchas negras y pulpa suave y aceitosa, que fue mi almuerzo, me ha servido para sacarme los grillos. Traje dos pedazos de piel al árbol, escondidos en las axilas. Cuando ya todos dormían y una llovizna muy fina comenzó a caer, me puse a frotarme los tobillos con la parte interior de la piel. No fue fácil extraer los grillos. En el de la derecha vi, por primera vez, que están grabadas dos letras pequeñas: YU. En ambos tobillos se levantó la piel y corrió un poco de sangre, que he tenido que lamer.

Escribo en el sitio y en la posición de siempre, pero no pienso volver a ponerme los grilletes. Necesito reflexionar.

Si trato de llegar al arroyo y bajar por su curso, lo más probable es que sea descubierto por los perros. Si me quedo aquí, los guardias se darán cuenta de lo que he hecho y seré castigado, posiblemente con la muerte. La idea de esconderme en las ramas de mi árbol me parece la menos arriesgada. Además, si los guardias se convencen de que he logrado escapar, pondrán a otro hombre en mi lugar. Y si ese hombre ha de reemplazarme, no me parece absurdo pensar que se parezca a mí. Tal vez ese hombre hable un idioma parecido al mío, tal vez nos podamos comunicar.

La dificultad está en engañar el olfato de los perros, para apartarlos del árbol. Tengo hasta el amanecer para hallar la solución.

El vecino de la derecha era violento, y yo le temía. Por eso, seguramente, vi en él, y no en el de la izquierda, la pieza del rompecabezas que era necesario desplazar.

Cogí una de las pieles, que aún no había usado, y lentamente me fui acercando al hombre, que dormía. Me detuve a menos de un paso de él, y se me heló la sangre y tuve un sudor frío cuando vi que se movía, pero no se despertó. Luego anduve dando pasos largos hacia la avenida, y seguí en dirección al arroyo. Corrí un trecho. Me detuve. Volví sobre mis pasos hasta el árbol del vecino, a quien, por conveniencia, voy a designar con el nombre de Zu. Dejé la piel de la fruta junto a Zu. Vine hasta mi árbol, tratando siempre de pisar sobre mis propias huellas. Cuando estuve en mi sitio, comencé a golpearme el muslo con la palma de la mano, hasta que Zu se despertó.

Me admiró la rapidez con que Zu, al ver la piel, atinó a emplearla. Y sentí algo de remordimiento y me pregunté si no cometía un grave error al utilizar a Zu de esa manera, porque por segunda vez daba muestras de una inteligencia superior. Tal vez, si hubiéramos llegado a entendernos, habría resultado un valioso colaborador. En cosa de minutos estuvo libre. Miró a su alrededor, y luego echó a correr por la avenida hacia el arroyo. Se oyó, distante y ronco, el primer ladrido de los perros. Yo me alejé unos pasos del tronco, y salté para asirme a una liana. Trepé a lo alto del árbol, hasta que encontré un horcón donde sentarme. Ya los ladridos de los perros estaban en todas partes. Por un momento dejé de respirar. Cuatro perros daban vueltas alrededor de mi árbol. Se oyó por fin un aullido triunfal, y gritos, no muy largos, de dolor.

Siguieron buscándome hasta el amanecer. Entonces, cuando oí el tambor que llama al canto, me preparé para dormir.

Obsesionado por engañar a los perros, no pensé en otros peligros: el hambre, la sed. Atormentado por ambas, he masticado las amargas hojas del árbol y la flor dulce, por contraste, de una orquídea. En vano he buscado el nido de algún pájaro. También he tragado, sin masticar, la mitad de una libélula cogida en una telaraña. He visto la araña negra, con puntos rojos en el dorso, y la he dejado vivir. Espero el atardecer, que podría traerme dos cosas: un hombre que comprenda mi idioma; un pájaro descuidado que se deje coger.

Físicamente, mi sustituto no se parece a mí. Se parece, en cambio, al sustituto de Zu. Ambos tienen rasuradas la cara y la cabeza. En ambas cabezas se ve una red de cicatrices rojas. En mi cabeza, acabo de sentirlo bajo el pelo, también hay varias cicatrices. Ni el sustituto de Zu, ni mi sustituto, a quien voy a llamar Yu, están acostumbrados a los grillos. Estuvieron tratando de sacárselos, y luego comenzaron a tirar de sus pesadas cadenas. Yu se cansó el primero; se tendió supino en el suelo. Su piel es más clara que la mía; su cuerpo parece blando, débil. Volvió a ponerse de pie, dio dos o tres vueltas alrededor del árbol. Miró para arriba, como si buscara algo entre las ramas, pero estoy seguro de que no me vio. Se sentó, apoyado en el tronco, y se quedó mirando a Zu, que de nuevo comenzaba a tirar de su cadena.

Los guardias hicieron la primera ronda. Dedicaron la luz de sus linternas, y sus risas, a los nuevos prisioneros. Cuando los guardias se hubieron alejado, comencé a descender por las ramas. Llegué a la mitad de la altura del tronco, y encendí la linterna.

—Yu —dije, a media voz.

Yu sacudió la cabeza, se incorporó.

—Yu —repetí.

Yu miró para arriba, y la luz se reflejó en sus ojos. No parpadeaba; estaba asustado. Se puso de pie y dio dos pasos atrás. Lo seguí con la luz.

Yu, ¿mi igual?, actuó como un cobarde. Cuando logró desprender sus ojos de la luz, corrió, alejándose del tronco, y cayó a las pocas zancadas, cuando la cadena le faltó. Arañaba el suelo. Esperé a que se calmara para bajar. Me puse en cuclillas frente a él, apenas fuera de su alcance.

—Yu —le dije, en un tono tranquilizador, pero volví a asustarlo.

El abyecto diálogo que por fin tuvo lugar entre nosotros no significaría nada en el papel. Iría, más o menos, así: Yu, dije yo; Yu, dijo Yu, cuya voz es áspera y poco timbrada; Yuyu, repliqué yo... Lo importante es que logré hacerle comprender que su vida dependía de su obediencia a mí. Confío en que al anochecer me traerá la mitad de la ración de comida que le den los guardias. Para dar énfasis a mis palabras, si así puede llamárselas, le hice sentir en el costado la punta de mi piedra con forma de pez.

Me trajo una piltrafa de carne, que no vi dónde escondía. La devoré. Le di las gracias, y casi le pido perdón por haberlo amenazado. Pero mientras no encuentre otra forma de procurarme la comida, no puedo ser benévolo con él.

He visto que una de las cicatrices en la cabeza de Yu es reciente: una media luna roja cerca de la coronilla, ligeramente hacia la izquierda. La herida ha sangrado; detrás de la oreja izquierda de Yu hay sangre seca.

Para mi alivio y sorpresa, me doy cuenta de que no me será imposible vivir en las ramas, por algún tiempo. Durante el día no me falta libertad de movimiento, porque guardias y perros están ausentes. Ahora, escribo de día, al despertarme, cuando suena el tambor y los otros son llevados a la plaza circular. El antiguo agujero de un pájaro es el sitio de mis necesidades. Para entretenerme he inventado juegos que pronto me aburren. Ayer pasé la tarde engañando a las arañas, haciendo vibrar sus telas en diferentes puntos. Y he empezado a coleccionar insectos. Los primeros los pegué en la última hoja del cuaderno. Pero decidí ya no hacerlo, porque he imaginado la llegada del día que coincidirá con la página final. Ahora pongo los insectos muertos en una rama horizontal, cuya corteza levanto poco a poco. De la madera brota una leche pegajosa, que al secarse se vuelve transparente. También grabo figuras de pájaros y hombres, con una uña, en las ramas.

El único problema que no he podido resolver, y me acosa todos los días, es el agua, mejor dicho, la sed. De los retoños y las hojas tiernas puede extraerse, masticándolos, algún líquido; pero no puedo masticar más que seis o siete retoños y hojas cada día, porque son sumamente amargos y me producen náuseas.

Anoche, después de conversar un rato con Yu —es tan poco lo que podemos expresar con nuestra pobre lengua—, bajé con temor hasta el arroyo. Bebí hasta saciarme. Estaba lavándome el cuerpo cuando oí un ladrido. Me tendí de espaldas en el lecho de guijas, dejando fuera del agua la boca y la nariz. El ladrido, como siempre, llamó otros, que se acercaron. Oí la voz de un guardia. Poco después hubo silencio.

Aguardé hasta después de la segunda ronda para volver.

La cicatriz en la coronilla de Yu ha vuelto a sangrar. Yu tiene la mala costumbre de arrancarse la costra. Debe de haber sido una herida profunda. Me acerqué a Zu cuando dormía y vi que tiene una cicatriz idéntica en el mismo lugar.

He descubierto varias diferencias entre la lengua que habla Yu y la mía. Aunque usamos los mismos sonidos y las reglas, si llegan a tales, que observamos para combinarlos son análogas, no aplicamos dichas reglas de manera igual. En cierto modo estas diferencias, que han dado lugar a discusiones, me han hecho reconocer la inteligencia de Yu. Veo que él saca algún placer de estos diálogos rudimentarios, y que el tema del lenguaje le interesa tanto como a mí.

¿Cuántas noches más bajaré al arroyo sin ser descubierto por los perros? Anoche dos de ellos estuvieron tan cerca de mí, tendido en el lecho del arroyo con sólo la nariz y la boca fuera del agua, que me sorprendió que no me hubieran oído respirar.

Al amanecer, poco antes que sonara el tambor, la bandada de pájaros rojos pasó volando sobre la copa de los árboles. El gran ruido que produce la bandada, no el ruido estridente que produce un solo pájaro, ¿quiere decir algo?

Desde mi árbol, no he podido volver a oír el canto; las voces llegan desde la plaza como un ruido confuso.

Si Yu pudiera escribir, y si para hacerlo usara los mismos signos que yo uso, podríamos trabar diálogos más complejos y entendernos con más claridad. Nuestro lenguaje oral no nos permite referimos nada más que a lo que en determinado momento ocupa nuestro campo visual.

Comienzo a preocuparme por la economía del papel. Si, como temo, Yu no es capaz de leer, si para descifrar lo escrito necesita de lápiz y papel, cada palabra que usemos ocupará dos veces su lugar.* De todas formas, voy a enseñarle el cuaderno.

* Por razones de espacio las reproducciones innecesarias han sido suprimidas. (Nota del editor.)

161

Después de ir a beber del arroyo, sin ser esta vez acosado por los perros, desperté a Yu y puse el cuaderno en sus manos. Lo miró con extrañeza, lo olfateó. Le di un lápiz. Luego, inclinándome detrás de él, lo tomé del puño en el que tenía el lápiz. Él estaba tenso, pero cuando le pedí que aflojara me obedeció. El lápiz corrió sobre la hoja: *Quiero enseñarte a escribir.* Yu se volvió para mirarme. Solté su mano. Él escribió solo la próxima oración: *¡Pero si puedo yo solo!* Nos volvimos a mirar el uno al otro, le apreté la mano. Se oyó una voz, no muy lejana, y Yu me ayudó a trepar al árbol. Mañana le voy a enseñar los escondites que hice al pie del árbol, y dejaré con él un lápiz, la linterna y el cuaderno.

Escribo. Me veo a mí mismo que escribo. No sé cómo escribo. No puedo leer lo que escribo. Mi vista se detiene tanto tiempo en cada letra que cuando llego al final de una palabra no recuerdo su principio.

Puedo entrever el futuro pero no tengo pasado. En la lengua que hablamos el hombre que vive en las ramas y yo existe sólo el presente. El futuro no está contenido en el presente. ¿Puedo crear mi pasado?

Mi mano izquierda acaba de moverse para tocar mi cabeza. Mis dedos pasan por mis cicatrices. Tal vez mis dedos saben algo que yo no sé.

Mis dedos han entrado en mi boca. En la parte trasera de mi lengua hay otra cicatriz. Siento dolor. Pero el dolor no está en la cicatriz. Está debajo o detrás de la cicatriz y es como si tocara el interior de mis oídos. Mi lengua es corta y casi redonda.

El hombre que vive en las ramas sí tiene pasado. Su pa-
sado está aquí. Está hecho de estas avenidas y estos árboles.
Mi pasado no existe o se encuentra en otro sitio.
Oigo los perros. Oigo también la lluvia.

Yu no estuvo contento cuando le quité el cuaderno. Hace
poco, cuando bajé del árbol, él estaba a punto de comenzar a escribir. Me pidió que arrancara unas hojas y le
diera uno de los lápices; pero en aras del orden he preferido conservar íntegro el cuaderno. Le prometí que mañana por la noche podría escribir otra vez. Creo que Yu
duda de mi palabra; yo mismo, ahora, no sé si la debo
cumplir. He abierto la hoja del centro, y escribo en ella.
Si seguimos escribiendo de este modo, dentro de poco
tiempo ya no tendremos papel.

Yu tiene razón acerca de la ausencia de pasado en
nuestra lengua oral, aunque me parece que con una brus-
ca caída de voz puede indicarse una acción que se acaba de obrar.

No me había fijado en la forma de mi lengua, el ór-
gano. Es como la que describe Yu, corta y casi redonda.
Y en la parte trasera yo también siento una cicatriz.

La conciencia de estas cicatrices ha despertado en mí
un resentimiento del que hace algunos días no hubiera
sido capaz. No conozco el objeto de este resentimiento,
este odio. Sé que no son los guardias; lo que siento pasa,
por así decirlo, a través de ellos.

Para cuando hayamos llenado el cuaderno y nos sea
imposible razonar tenemos que haber determinado un

curso de acción, si queremos libertarnos. Una vez trazado el camino, no será necesario pensar. Tenemos que restringir nuestra escritura; debemos dedicar menos espacio a la contemplación.

Mi resentimiento, por otra parte, parece querer explicarse a sí mismo, conocer su fin. El conocimiento del objeto de mi odio, para su destrucción, podría ser la verdadera meta. La libertad es un concepto vago; la destrucción, no.

La palabra libertad no me parece vaga. Ha causado en mí una sensación particular. Creo que tiene algo que ver con el pasado. Pero comparto el odio que sientes y estoy de acuerdo en que el averiguar el origen de nuestras cicatrices es nuestra común obligación.

El objeto de nuestro odio y el origen de nuestras cicatrices ocupan el mismo lugar. Para encontrar ese lugar necesitamos alguna libertad. Las cadenas me impiden moverme. Los perros y los guardias o el miedo a los perros y los guardias te lo impiden a ti. Digamos que la libertad es algo vago. Su ausencia no lo es.

Convendría conocer:
el número de guardias
el número de perros
el número de prisioneros
el número de avenidas y su longitud
Además:
el significado del canto

La piedra con forma de pez, que llevo como arma cuando bajo al arroyo, se hundió en la espalda de un guardia. El guardia, desnudo de cintura abajo, estaba en cuclillas cerca del agua. Yo andaba sin hacer ruido. No había luna. Cuando lo vi, estaba a pocos pasos. Me detuve y un poco de aire entró de golpe en mis pulmones, mi boca se cerró. El guardia movió la cabeza, me enseñó su perfil. Mi mano ya estaba levantada, con la piedra. Un grito suyo me hubiera perdido, pero sólo emitió un sordo gemido y se desplomó a mis pies. Estuve un rato de rodillas junto a él, y veía brotar la sangre, negra en la noche, brillante. Su sonido se parecía al del arroyo, pero era más pesado, más lento. Le di vuelta al cuerpo. Le abrí la boca y metí los dedos para tocar la lengua. No era como la mía ni como la de Yu; era larga, aunque no tanto como la de los perros, y muy flexible. El cuerpo del guardia era más pequeño que el mío, su piel era más oscura. Tenía grandes ojos negros, que todavía entonces parecían tener vida. Escribo la palabra niño sin estar seguro de lo que significa. Bebí, lavé la larga piedra. Anduve arroyo abajo con los pies en el agua. Di un rodeo y volví al árbol.

No conocemos el número de guardias, pero sabemos que ha disminuido en uno.

En lugar de disminuir el número de guardias ha aumentado. Las rondas son hoy más frecuentes que ayer y se oye incesantemente el ladrido de los perros. Durante el día el movimiento fue mayor. El hombre de las ramas no podrá bajar a beber

del arroyo. Escribo sin usar la poca luz que le queda a la lin-
terna. Está claro que matar es un error.

Una lluvia torrencial me ha salvado de la sed. Yu no
parece comprender que matar al guardia no fue un acto
voluntario. Si la escena con el guardia junto al arroyo se
repitiera, volvería a cometer el acto, aunque supiera que
luego crecería el número de guardias y que sería atormentado por la sed. Siguen buscándome, pero en otras
avenidas.

Llueve tanto que no podré escribir. Esta noche las rondas
han vuelto a ser dos.

Hoy subí hasta lo más alto del árbol con la intención de
oír, siquiera débilmente, el canto. Lo que oí quería decir
algo, como si fueran palabras, pero no llegué a entender.
    Ya sé que yo mismo propuse que economizáramos
papel y no perdiéramos el tiempo en contemplar, pero
algo me dice que la contemplación acerca de este punto no carece de valor: podría ayudarnos a encontrar el
sentido del canto.

En vano trato de recordar el canto. Recuerdo cómo se mueve
mi boca y a veces mi cabeza mientras dura el canto. Mis pul-
mones se llenan rápidamente y se vacían despacio. No soy
la misma persona cuando termina el canto. A lo largo del día
vuelvo a convertirme en el que soy. Pero no exactamente. Poco
a poco cambio.

He enterrado para siempre la linterna porque ya no le que-
daba luz.

No hay nadie en la avenida. Ayer por la tarde no volvie-
ron ni Yu ni Zu, no volvió nadie. He bajado del árbol.
Hace fresco y hay silencio. He paseado entre los árboles.
No están ni las cadenas ni los grillos. Esto es la libertad.

Oí, en lo alto, un ruido ronco. Vi un objeto oscuro, como
una libélula enorme, recortado contra el cielo, fragmen-
tado por el follaje de los árboles. Un viento fuerte caía y
el objeto se acercaba. Caían las hojas y las ramas se do-
blaban. Corrí a refugiarme tras el grueso amate que cre-
ce al final de la avenida. Estuve allí hasta que volvió el
silencio. ¿Helicóptero?

He contado las avenidas: son treinta y seis, y convergen
todas en la plaza principal. Algunas son tan largas que
bien podrían ser interminables. Otras son muy cortas,
con tres o cuatro árboles de fondo. Mi avenida tendrá
unos doscientos árboles; en el tronco del primero vi que
estaba grabada una raya corta y la letra U. El primer
árbol de la próxima avenida está marcado: -U-; el de la
de más allá: U-. El de la siguiente -O. Luego: -O-; O-...

Después de contar noventa árboles en la avenida -I-, yo
me había sentado a descansar en lo alto del montículo de
piedra en el centro de la plaza circular. Era el atardecer.
Iba a escribir el número noventa cuando oí ladridos. Un

pájaro pardo voló sobre la plaza. Yo me levanté, bajé las doce gradas de piedra y corrí hacia los árboles. Subí al primero, marcado IE-.

Parece que todos han vuelto y todo ha vuelto a lo normal. Un día y una noche estuvieron ausentes, y no traté de huir. Es la presencia de los perros y los guardias lo que me instiga a la fuga.

Yu debe de creer que lo he abandonado.

Al pie del árbol IE- han atado a un hombre corpulento.

Desde donde estoy, he podido observar la formación, he oído el canto. Los hombres se colocan en el orden indicado por los guardias, muy cerca el uno del otro. Sus hombros parece que se tocan. Al principio hay un murmullo general, sobresale aquí una voz, se oye un gruñido más allá. Alguien tose. Los sonidos son intensos. Hay pequeños movimientos en todas las filas. Luego, bruscamente, hay silencio, el movimiento cesa.

Se oye una música. Algo le ocurre a mi cara. Me doy cuenta de que la música es producida por los prisioneros. La canción tiene sobre mí un efecto físico. Es una sensación agradable que corre por toda mi piel. Lleno de aire mis pulmones. Me meto los dedos en la boca porque veo que estoy a punto de entonar. Esto ocurre cada vez que oigo, aunque sea débilmente, entretejido con las otras voces, el sonido *yu*.

Imposible anotar las palabras de que está hecho el canto. La satisfacción de descubrir que son palabras. Recuerdo el aire, y creo adivinar el propósito de los primeros versos: convencer a estos –¿mil, dos mil?– hombres de que no son más que un solo hombre, que razona, que ama su trabajo y que es feliz. Hacia el final, el canto degenera en recitado, y los versos se convierten en órdenes.

Me ha sorprendido ver que los guardias desempeñan en todo esto un papel mínimo. Una vez reunidos en la plaza, los hombres parecen obrar de propio acuerdo. Ordenadamente, al terminar el canto, cada uno se dirige a su lugar de trabajo. Los guardias se quedan en la plaza, platicando, fumando cigarrillos –hasta vi a uno que orinaba contra el montículo de piedra. Cuando el sol culmina sobre la plaza, los guardias buscan la sombra.

He escapado, después de una larga noche de hambre y de sed. Desde el amanecer he caminado por la orilla del arroyo, que pasado el mediodía fluyó a un río caudaloso.

Escapar no fue difícil. Cuando el canto de hoy terminó y los prisioneros comenzaron a desfilar hacia sus sitios de labor, me descolgué del árbol. Anduve cierta distancia por la avenida IE-, y luego doblé a la izquierda y atravesé por la maleza para llegar a la avenida -U. Corrí, pasando prisioneros, hasta alcanzar a Yu, que no me reconoció: era el efecto del canto. En vano le mostré el cuaderno, su propia letra. Al principio sentí enojo; después, lástima. Ésta me llevó a hacer algo de lo que probablemente me arrepentiré, pero mi conciencia está tranquila porque creo que obré con justicia. Al pasar junto a nuestro árbol, que reconocí inmediatamente, me detuve y arranqué varias hojas del cuaderno. En una de ellas resumí mis apuntes de las últimas horas, y expliqué a Yu mi propósito de huir. Dejé las hojas, con un lápiz, al pie del árbol, en el escondite que conoce Yu. Luego seguí andando por la avenida, deprisa. Bajé hasta el arroyo, seguí su curso corriendo, hasta quedar exhausto. Nadie me siguió.

Me quedan cuatro páginas en blanco. Tres: la última será inutilizable, gracias a los insectos que maté y pegué en ella para distraerme.

Me parece que he cubierto una buena distancia, pero no sé hacia dónde voy. Esta fuga comienza a parecerme absurda. Seguir hasta el final del río, si los ríos lo tienen, es todo lo que me queda por hacer.

Me acerco con prisa al final del cuaderno, a pesar del cansancio.

En la próxima página, la última, están: un largo gusano; dos arañas, a las que vi tejer; una mariposa de alas transparentes, con dos manchas redondas que parecen ojos; una libélula, que viva fue azul y hoy es gris; una luciérnaga.

Mi cuerpo sabrá seguir su camino, sin esto que escribe, sin mí.

El doctor Adie contemplaba los insectos muertos con un leve mareo en el que se mezclaban el asco y la admiración. Cerró el cuaderno. Volvió a abrirlo. Volvió a leer aquí y allá. Dos palomillas chocaban una y otra vez contra la pantalla de la lámpara de gas. El doctor Adie salió de la cama y anduvo de un lado a otro por el pequeño cuarto. Le costaba creer que el hombre que había llevado al cuartel fuera el autor del cuaderno. Sin embargo, lo que había leído explicaba, a su modo, la conducta y el curioso aspecto del enfermo. El doctor se sentó en la cama y sacó una ficha del fichero. Escribió: *Pérdida de la memoria general. Alguna memoria de corta duración. El paciente, capaz de escribir, no se puede releer. Fabulaciones.*

Remordiéndole un poco la conciencia de que dejaba al enfermo en el cuartel –pues conocía ya su fobia por los uniformes y los perros–, el doctor Adie se dijo que era demasiado tarde para molestar al capitán, apagó la lámpara y se dispuso a dormir.

A la mañana siguiente se despertó temprano, con la diana que llegaba desde el cuartel. Junto a la lámpara, en la mesita de noche, estaba el cuaderno, que le hizo arrugar el ceño. Se incorporó en la cama, se estiró. Tomó el cuaderno e hizo pasar las páginas. "Si mis colegas vieran esto", pensó. Se levantó de la cama y fue a la cocina. Después de sacar el jugo de naranja, mientras esperaba a que hirviera el café, entró en el escritorio. La librería estaba empotrada en la pared de la izquierda. El doctor Adie se puso los anteojos. Del estante más bajo sacó varios libros, que llevó consigo al comedor. Mientras desayunaba, consultó rápidamente dos manuales de neurología, el de Julio Aranovich y el del profesor Bessou. Después fue por el cuaderno y el fichero y regresó al escritorio. Anotó:

Exámenes de la palabra: espontánea, automática, emocional.
Canto; registrar la capacidad del enfermo para modular. "Aun
si no puede hablar, la retención de una melodía puede
ayudarle a recordar palabras" (Aranovich, 116). *Dibujo.*
Cálculo.

Había un mapa de la provincia en la pared del corredor. El doctor se detuvo frente al mapa. Miraba el avion-
cito rojo cerca del punto llamado Gallon Jug. En los países
del Norte y del Oeste se hablaba el español, y las fronte-
ras de ambos equidistaban, más o menos, de Gallon Jug.
Probablemente, pensó el doctor, el enfermo venía de río
arriba, del oeste.

El doctor Adie miró su reloj. Eran las siete y cuarto.
Tres horas eran pocas para examinar al enfermo como
hubiera querido, y sabía que la avioneta sería puntual.
Fue a afeitarse, y después entró en el consultorio. Revisó
su linterna y el estetoscopio. De un cajón sacó un juego de
naipes, una pelota de goma y un cubo de plástico, varias
hojas de papel y lápices de colores. Los dispuso sobre una
mesita, y salió del consultorio para dirigirse al cuartel.

El perro del cuartel comenzó a ladrar en cuanto vio
llegar al doctor. El capitán estaba a la puerta.

—¿Cómo está mi paciente? —le preguntó el doctor.

—Muerto —dijo el capitán—. Anoche estuvo haciendo mucho ruido, tratando de escapar. En la madrugada, cuando
fui a llevarle la comida, lo encontré colgado de una viga.
Usó el cinto de la bata.

El doctor Adie respiró ruidosamente, y luego se encogió de hombros, consciente de que hacía un gesto de la

gente del lugar. Se sentó en la silla frente al escritorio del capitán y escribió una nota para el doctor Dax. Mencionaba el cuaderno, que no le enviaba inmediatamente porque quería revisarlo.

—Por favor, capitán —dijo el doctor—, que sus hombres lleven el cuerpo antes de las doce al campo de aviación.

Del cuartel, el doctor se fue al mercado a hacer sus compras.

Era temprano un viernes por la mañana, quince días más tarde, cuando el doctor Adie volvía de un paseo por el huerto de marañones del otro lado del río. Era una mañana fresca, porque soplaba la brisa, y no había una nube en el cielo. El río, hoy, tenía un poco de azul. El doctor se detuvo a medio puente. Se quedó mirando río abajo, y luego miró río arriba.

Hacía una semana, Dandy Walker había ido a visitar al doctor. Traía un diario local bajo el brazo. Se sentó en el borde de la mesa, abrió el diario y lo puso frente al doctor. Había dos fotos del enfermo muerto, una de frente y otra de perfil. Surge de la selva y se suicida, decía el titular. "No habla de nosotros —había dicho Dandy Walker—, como si no existiéramos".

En el fango que se extendía frente a los manglares, en la suave curva río arriba, el doctor vio un bulto inmóvil. Se quitó los anteojos oscuros y volvió a mirar. Reconoció un hombro, y la cabeza de un hombre. Corrió a tierra por el puente, bajó por el borde del río y se dirigió hacia los manglares, con la mitad del cuerpo en el agua. El hombre, desnudo, estaba muerto. Su piel era menos oscura que la del hombre de hacía dos semanas, pero el doctor supo enseguida que ambos procedían del mismo lugar. El pelo corto de la cabeza del muerto que el doctor examinaba dejaba ver seis o siete cicatrices parecidas a las del autor del cuaderno. Las manos del muerto estaban cerradas en puño; en la izquierda tenía un objeto que al principio el doctor no reconoció: una pequeña linterna. Trató de arrancársela, pero el puño estaba rígido. Sacó su navaja suiza, y metió la punta del destornillador entre la linterna y los dedos del muerto. Logró separarlos un poco, y tiró con fuerza. Con un leve crujido el nudillo del pulgar se desgarró. Cuando tuvo en sus manos la linterna, el doctor Adie oyó que algo se movía dentro. Desenroscó la tapadera, y encontró un lápiz de dibujo y varias hojas de papel. Dobló las hojas en cuatro y se las guardó en el bolsillo. Luego regresó por donde había venido y subió al puente.

Sentado en una mecedora en el corredor de la estación de policía estaba el sargento. El doctor Adie le mostró la linterna, describió al muerto.

—¿Ahogado? Vamos a investigar —dijo el sargento.

El doctor se sonrió.

—¿Me lo podría mandar al hospital?

El doctor Adie anduvo hasta el hospital. Preparó la sala de operaciones, que a veces hacía de morgue, y luego entró en el escritorio. Aguardando que los hombres del sargento trasladaran al muerto, se puso los anteojos, se sacó las hojas del bolsillo, las desdobló. Era la misma letra del cuaderno.

El canto está hecho de sílabas, que siguen una línea, que es la melodía. Los hombres producen las sílabas. Tú y yo producimos la sílaba *yu*, porque estamos atados al árbol que corresponde a la i griega, en la avenida -u. Cada hombre produce una sola sílaba. Tú, o yo, combinados con el hombre Ca y el hombre Co, produciríamos, si así fuera dispuesto —¿por quién?— la palabra *cayuco*. Supongamos una orden: "Al llegar al punto rojo hundirán al cayuco". Los trece hombres que componen y escuchan esta orden la llevarán a cabo, sin pensar. Navegarán en un cayuco, harán esto o aquello, hasta llegar al "punto rojo", donde, aunque les cueste la vida, hundirán el cayuco.

Si no escuchas el canto no seguirás las órdenes. Tú y yo, que podemos escribir, podemos expresar y obedecer órdenes propias.

Aunque no estás aquí para leerme escribo para ti. Tu ausencia me parece más real mientras escribo.

No trabajamos ayer. Cuando volví en mí del estupor del canto me encontraba tendido en la espesura. Los otros hombres estaban también tendidos. Formábamos líneas torcidas bajo los árboles. Era un lugar fresco y una posición placentera. A distancias iguales se veían guardias de pie. Todos callábamos.

De repente uno de los guardias dio un silbido. Otro guardia se quitó la gorra para secarse el sudor de la frente y mirar hacia arriba. Movía la cabeza de un lado a otro como si buscara algo entre las ramas. Después comenzó a oírse un ronquido que se hacía cada vez más recio. Se movió el follaje de los árboles y aquí y allá se abrió una brecha y se vio el cielo. Unos guardias se ocultaban tras los troncos de los árboles con sus armas apuntando al cielo. Uno apuntó en mi dirección y agitó vigorosamente un brazo para indicarme que bajara la cabeza.

Fueron un día y una noche muy largos. Aprendí una cosa: basta mover ligeramente la muñeca y los dedos —el índice tocando el pulgar— para formar un pensamiento. Sin embargo yo prefiero escribir.

Al amanecer nos reunimos en un claro de la selva y volvimos a cantar. Cuando volví en mí ya estaba aquí. No me explico lo que ocurrió. Fue un descanso.

Hoy me desperté antes del alba para buscar la forma de taparme los oídos y no escuchar el canto. Lo hice con la leche que brota del tronco al quitarle la corteza. Se endurece con el aire.

He dejado de escribir por cinco días. Hoy los guardias nos formaron como no recuerdo que lo hayan hecho nunca. Ellos mismos parecían confundidos. Tal vez presintieron que las órdenes que ejecutaban no resultarían en su propio bien. Pero las siguieron. Cuando todo estuvo listo los guardias no estaban fuera —como siempre— sino dentro del anillo de hombres que los estrechaban contra el montículo de piedra.

El canto que se produjo duró poco. Con la última sílaba empezó el desorden. Cualquiera que haya sido el número de guardias era con mucho inferior al número de hombres. A los guardias y sus perros los estaban matando.

Me saqué de los oídos las bolitas de goma y me abrí paso entre el tumulto para salir del círculo. Cuando estuve fuera aún se oían ladridos y lamentos. Anduve por el contorno de la plaza. La confusión era grande.

Me alejé de la plaza hacia el arroyo.

El doctor Adie oyó ruidos de pasos. Guardó las hojas y salió al corredor. Dos hombres de pantalones cortos y desnudos de la cintura arriba traían al muerto en una camilla de metal. El doctor abrió de par en par la puerta y dejó entrar a los hombres.

Cuando por fin estuvo solo, se puso a escrutar la cabeza del muerto. Le hubiera gustado poder transportar el cuerpo a Belmopán, pero hoy era viernes (la avioneta no llegaba hasta el miércoles) y no tenía cómo congelar el cuerpo. Le intrigaban las cicatrices en las cabezas de los dos hombres. Para indagar la causa, decidió, no había otra manera que abrir la cabeza del muerto.

El doctor Adie pensaba en los bisturíes eléctricos que tenían en la capital. Con resignación, comenzó a afilar una sierra para seccionar el cráneo.

Trabajó varias horas, maldiciendo del calor, de la escasez de diagramas y de libros de consulta, de la falta de asistencia, pero con creciente interés. Ya muy entrada la noche, limpios los instrumentos y la mesa, el doctor se sentó al escritorio, a la luz de su lámpara de gas. Tenía frente a él varios papeles; en algunos de ellos había hecho dibujos. Resumió así:

–Lesión bilateral de la corteza del sistema límbico, responsable de la memoria a largo plazo o general.

–Lesión unilateral del istmo temporal, responsable de la memoria de corta duración.

–Destrucción parcial de la circunvolución de Heschl. Ocasiona la sordera interior. El paciente piensa en voz alta. Según Alajouanine, esta sordera suele ser puramente verbal y el paciente puede oír, interiormente, ruidos diversos y melodías.

–Obstrucción parcial de la arteria cerebral posterior izquierda en el área del lóbulo lingual.

–Cauterización en treinta y cuatro puntos del sistema reticulado ascendente del tálamo izquierdo, que se encuentra en la supuesta zona del lenguaje (Brodman). (El cuaderno menciona treinta y seis avenidas, cada una de las cuales corresponde a un sonido.)

–Enlace de los nervios de recepción del lenguaje y los nervios de recepción de placer.

Epílogo

La doctora Pelcari caminaba a pasos rápidos bajo los árboles. Se detenía frente a las estacas de los loros, les quitaba las cadenas y los animaba a volar. Los soltó a todos, menos a uno, que llevó hasta la casa. Lo metió en una jaula.

—Rac, rac —decía el loro.

La doctora colgó de un gancho la jaula y luego entró en el cuarto del ordenador. El disquete original del último diagrama que había preparado —con las órdenes de *Destrucción general* y *Dispersión*— estaba todavía en la ranura del ordenador. La doctora sacó el disco y pensó fugazmente en los cien guardias, que no hablaban sino el Pocomán y que aquel día, al terminar el canto, se habían encontrado de repente en el centro mismo de la destruc-

179

ción. Encendió la pantalla. Abrió un pequeño cajón del archivo de disquetes. Mientras buscaba en la sección de la i griega, llegó a la conclusión de que el invento no podía ser inhumano, pues no privaba al hombre de su voluntad. La prueba: los dos hombres que se habían fugado. La doctora introdujo en la ranura el disquete marcado Y–. Oprimió las teclas con la letra U y el número 2. Dos fotografías del segundo de los prisioneros de la serie Yu aparecieron en la pantalla, una de frente y la otra de perfil. Al pie de la pantalla se leía: *31 años; periodista; soltero.* A la izquierda de las fotos había una columna bajo el encabezamiento de "Operaciones". La doctora abrió un portafolio negro que tenía junto a la pantalla, con un mensaje urgente que había recibido del consejero de Estado la noche anterior. Sujetados al mensaje había varios recortes de periódicos de un país vecino, y uno, de la víspera, de un diario local, con fotografías del segundo prisionero Yu, y tres artículos de medicina firmados por los doctores Dax y Adie. La lista de operaciones contenida en el segundo artículo coincidía con la lista en la pantalla, aunque los doctores pasaban por alto la laringotomía. La doctora Pelcari lamentaba no haber operado también a lo largo de la cisura de Silvio, lo que hubiera impedido que los prisioneros pensaran con la mano. Pero ni ella ni el consejero habían previsto la posibilidad del accidente aéreo que puso el cuaderno y los lápices al alcance de los prisioneros. Apagó la pantalla.

Hacía cosa de dos meses, cuando se enteró de que una avioneta había caído en los alrededores del sitio, la doctora empezó a temer el final. Pero el consejero de Estado le había asegurado que él mismo arreglaría la expedición de salvamento, de manera que no había nada que temer. Durante una semana los periódicos hablaron de la intensa busca que las autoridades llevaban a cabo en lo profundo de la selva, y después guardaron silencio. Una mañana, sin embargo, la doctora recibió del consejero la orden de ocultar guardias y prisioneros, porque una escuadrilla de helicópteros privados –organizada por los amigos de las víctimas del accidente– sobrevolaría la región. La doctora había dispuesto las órdenes: los guardias conducirían a los prisioneros hacia el este del lugar del accidente, hasta el pie de una escarpada sierra, donde el vuelo bajo resultaría peligroso, y permanecerían allí escondidos un día y una noche. "Si son vistos –la doctora le había dicho a su mensajero–, es el final."

El último mensaje del consejero decía: *Investigación inminente. Destruir pruebas y abandonar.* La doctora cerró el portafolio y salió del cuarto del ordenador. "Van a destruir también la casa", pensó. Se detuvo frente a la jaula del loro. El loro mordía los alambres.

El tiempo y la educación, pensaba la doctora, deberían sustituir al láser y al bisturí. Miró su reloj. Descolgó la jaula y salió de su casa. Anduvo lentamente por la gramilla, se detuvo. El helicóptero, que volaba muy alto, descendía.

Bruscamente la doctora se sintió transportada a una ciudad fría, limpia, gris. Esa clase de ciudad, después de todo, era el sitio soñado para su invención –y no una cárcel privada y clandestina en la selva tropical. En algún lugar de esta ciudad, en su verdadero centro, podría encontrarse el edificio, semiesférico o hexagonal. Allí dentro estaban las pequeñas celdas y dentro de las celdas –si era el amanecer– hombres innumerables cantaban un himno religioso o recitaban estos versos:

Co-ne-llos-fue-te-ji-da-la-ma-de-ja
de-se-res-plan-de-cien-te-la-be-rin-to
de-se-nor-me-dia-man-te-nel-queun-hom-bre
pue-de-per-der-se-ven-tu-ro-sa-men-te
por-ám-bi-tos-de-mú-si-cain-do-len-te
má-sa-llá-de-su-car-ney-de-su-nom-bre...

Ya en la cabina, la doctora sacó al loro de la jaula y se lo puso en el hombro del lado del cristal, que vibraba. El copiloto guardó la jaula debajo de su asiento. El helicóptero comenzó a elevarse, viró en redondo. El piloto oprimía botones. Desde lo alto, con cierta tristeza, la doctora vio en medio de la selva la elegante casa blanca que comenzaba a arder.

Tánger, 1989

La peor parte

A todos, menos a ella, les dije que me iba, y me he quedado. Burlar al guardia de migración fue bastante fácil. Un golpe en la frente para significar el olvido y un brusco recordar; un discurso falso acerca de ciertas pastillas.

—Apúrese —me dijo el guardia—, lo va a dejar el avión.

De vuelta en casa, tomé un baño de agua muy caliente, como suelo hacer después de un viaje largo, pensando en las maletas llenas de ropa y libros que se alejaban sobre el mar.

Mientras cenaba, le dije a María Luisa:

—No vayas a olvidarte de que estoy de viaje, de que no estoy para nadie. Esto que ves es una aparición.

Respondió sonriéndose.

Aquella noche, cuatro personas dejaron mensajes en mi contestador. Mi amigo Felipe Otero, a las seis y media, la hora de vuelo: "Acabo de enterarme de que te ibas, al regresar del lago. Si no te has ido, llámame. O buen viaje". Unos minutos más tarde, el carpintero, para decirme que unos muebles que le había encargado no estarían listos hasta dentro de un mes. A las siete, Alegría: "¿Mariano? ¿Es verdad que te fuiste? Escribe". Y a las nueve: "¿Señor Milián?" Una voz desconocida, y un largo silencio. Ésa no era la voz que pronunció las amenazas, pero me causó un ligero escalofrío.

Me mudé a la habitación del fondo, donde tengo la música.

Soy persona más bien sedentaria, de modo que todo esto, aparte de las dudas y el temor, no me contrariaba. Mi casa es bastante grande.

Los primeros días los pasé entre ratos de lectura y ratos de música, con intervalos de paseos entre los muros de mi habitación. Mi principal inquietud, lo que de cuando en cuando interrumpía mi concentración, era el teléfono, cuyos sonidos llegaban a mí desde el fondo del corredor. María Luisa solía tardar en responder, y yo me acercaba a la puerta y la entreabría para escuchar.

—No —decía ella—. Se fue de viaje. No sé cuándo volverá.

Un domingo temprano por la tarde, sin embargo, dijo: "Sí". Y comenzó a hablar en mopán, el dialecto de su tierra. Fue una conversación larga. A eso de las cinco, sin decirme nada, salió a la calle. No volvió hasta las diez.

A la mañana siguiente, cuando me trajo el desayuno, le pregunté adónde había ido. Se encogió de hombros y dijo:

—A pasear.

No quise hacer más preguntas.

Al día siguiente hubo una llamada para mí, de un banco extranjero. Y otra para ella, que volvió a seguirse de una larga conversación en mopán. Esta vez, cuando María Luisa colgó, yo cerré mi puerta con bastante ruido. Oí un débil chasquido de protesta, y los pies descalzos que se alejaban rechinando por el parqué recién lustrado.

—¿Quién te llamó? —le pregunté más tarde, cuando me trajo un refresco que no le había pedido.

No le agradó la pregunta, pero contestó:

—Mi novio. Ahora que le he dicho que usted no estaba, insiste en verme más a menudo.

—Está bien. ¿Es aquel muchacho de Ux Ben Ha?

—No. Es otro.

Esta información la recibí con una sensación de abatimiento.

—Felicitaciones —dije con voz apagada.

María Luisa se sonrió de una manera poco natural.

—No me felicite —dijo—. A éste no lo quiero. Lo tengo por necesidad.

A las cinco y media sonó el timbre del portón. Oí a María Luisa salir a la terraza, y la puerta que se cerraba. Poco después, salí de mi cuarto y fui hasta la sala para observar por los ventanales al hombre que la visitaba. No tenía aspecto de indígena. Cuando él comenzó a abrazarla, volví a mi cuarto. Sentía una curiosa mezcla de indignación y celos.

Es interesante observar cómo todo, hasta cierto punto al menos, es puramente mecánico. Un cambio físico, un cambio de perspectiva, altera no sólo la forma de ver, sino la forma de pensar y de sentir. El hecho de estar aquí encerrado, y el hecho de que María Luisa sea la única persona a quien veo y con quien puedo conversar, ¿a qué me han reducido?

Me gustaría saber qué quiso decir el otro día con la palabra "necesidad". ¿Dinero? ¿Desahogo sexual?

Es sumamente alarmante que el hombre no sea un indígena. No puede serlo, con ese aspecto. ¿Por qué hablan en mopán?

A la hora de la cena la interrogué:

—¿De dónde es tu nuevo novio, si no es indiscreción?

—De Cuilapa.

—¿Y habla tu idioma?

—Sí. Vivió en Santa Cruz algún tiempo, y allí tuvo que aprenderlo.

—Es maravilloso —le dije, y logré sonreír ampliamente—. Un oriental que habla mopán. ¿Y lo habla bien?

—Bastante bien —contestó con cierto orgullo.

—Yo también sé unas palabras de mopán —y pronuncié algunas—. Me gustaría aprender más.

Al día siguiente fui a la biblioteca, que está en el primer piso. Tomé un diccionario comparado de las lenguas mayas y una gramática kekchí, que no guarda gran parecido con la del mopán.

María Luisa viste siempre impecablemente: falda de corte a cuadros, huipil blanco, calado, con finos bordados alrededor del cuello y en las mangas.

—Po, es luna —me dijo—. Poqos, polvo.

—¿Cómo traducirías la palabra romántico?

—Tx'i ish, o peekesh —respondió, después de reflexionar un momento.

Según el diccionario, estos dos términos equivalen a *sentimental*, y pueden estar relacionados con la palabra perro —*shwiit* en aguacateco, *pek* en mopán.

He observado también que tanto el diccionario comparado como el glosario de la gramática kekchí desconocen las palabras mal y malo. *Ki* significa bueno en mopán.

Algo está a punto de ocurrir, o está ocurriendo ya, algo que podría alterar el curso de mi vida. ¿Es un cambio de curso la consecuencia de un cambio de perspectiva? Querer aprender mopán es querer entrar en otro mundo. Es cierto que en el exterior existe una amenaza real; pero eso ya apenas me importa. Estoy dispuesto a marcharme verdaderamente, pero no al extranjero, sino al interior.

Le dije a María Luisa, cuando me trajo la cena:

—Quiero ir a vivir un tiempo en Blue Creek.

Una sonrisa recatada.

—¿En verdad?

—No puedo seguir viviendo así —miré a mi alrededor: los discos ladeados en los anaqueles, las ventanas enrejadas, los libros esparcidos por la alfombra—. ¿Conoces a alguien que pueda alojarme allá?

—Creo que sí —dijo—. Tengo una prima.

Giró sobre sus talones y salió rápidamente de la habitación.

El novio de María Luisa venía a verla todos los días, y yo sentía cada vez más algo que sólo puedo llamar celos. Los espiaba a veces desde los ventanales de la sala.

Día tras día, aprendía una docena de palabras en mopán. María Luisa corregía mis errores de pronunciación —ellos tienen diez vocales en vez de cinco y distinguen las kas de las cus—; y a menudo se reía, pero algún progreso íbamos haciendo.

Y así pasaban las semanas.

Para construir oraciones en buen mopán, es necesario desgonzarse mentalmente, o lingüísticamente, para lo cual se requiere un calentamiento previo.

—¿Qué quisiste decir el otro día —le pregunté en cierta ocasión— cuando dijiste que tenías a este novio por necesidad?

Con un rubor brusco, María Luisa se volvió hacia la ventana y se quedó mirando el jardincito con la fuente de piedras de lava y las lagartijas que tomaban el sol.

"Lo mejor sería dejar a alguien en mi lugar", pensé en ese momento.

—Tu amigo —le dije después de un largo silencio—, ¿estaría dispuesto a hacerlo?

María Luisa me miró. Parecía perturbada.

—¿Hacer qué?

—Vivir aquí, sustituirme, si me voy.

—Puedo preguntárselo.

Fue un domingo, semanas más tarde, cuando María Luisa me dijo:

—Le he hablado, y dice que lo hará. Vendrá a vivir aquí.

Fue como si una puerta se abriera. "Vivirá enterrado", pensé para mí. A través de María Luisa llegamos a varios acuerdos, acerca del dinero que recibiría por sus servicios en mi ausencia, la duración indefinida de los mismos, y las posibles consecuencias de una deserción.

Abandoné mi casa un miércoles a mediodía, con una carta de presentación para la prima de María Luisa y algunos presentes para su tía y un hermano menor.

—Manténme informado —le dije un momento antes de salir a la calle, donde me aguardaba un auto de alquiler. Prometió que lo haría.

El auto con cristales velados, como lo pedí, me llevó a la terminal de autobuses. Ingerí dos pastillas y no desperté hasta que ya estábamos a pocas horas de Flores. En Flores, donde tuve que pasar la noche aguardando el transporte que me acercaría a mi destino, escribí una postal a María Luisa, y le hablé del sentimiento de aventura, de proximidad de lo desconocido que experimenté al despertar por el camino de polvo en medio de la sabana y de la selva.

Pero lo desconocido para mí, a ella le era familiar.

"Dos seres de orígenes distintos, que se mueven en direcciones opuestas, pueden encontrarse, estar unidos un momento, para luego separarse, cada vez más."

El camión salió de Flores al alba. Esta vez no tomé pastillas. Vi salir el sol a la izquierda del camino. Más adelante, el paisaje de montañas redondas, cubiertas de selva, con algún claro de tierra blanca y la costa a lo lejos bajo un cielo de nubes enormes, como inflamadas, me causó una emoción ajena a lo desconocido. Sentía la familiaridad en los propios dedos de mis manos, que frotaba entre ellos de vez en cuando, como un alucinado que quiere cerciorarse de que lo que siente es lo que ve. El aire era una membrana, una envoltura.

A mediodía me bajé en el entronque, donde arranca el ramal de San Antonio y Santa Cruz. Allí me recogió un camioncito lleno de gente. Sentado en la parte trasera entre un niño y un anciano, iba viendo el camino que se alargaba hacia la costa, mientras el vehículo ascendía lentamente, dando botes y bandazos.

—Wab'ix —me dijo el viejo, señalando con una mano agarrotada una colina sembrada de maíz, con una ceiba en la cima—. Ntzee'ya —mi milpa, mi árbol.

Llegamos a San Antonio al oscurecer.

Esa noche me alojé en el Hilltop Hotel, del señor Bol, un pocomán de Tactic, casado con una kekchí de San Luis. Son muy diferentes uno de la otra. Él es delgado, aguileño; ella, rechoncha y achinada. Mi cuarto estaba en el tercer piso, que también era el último, y dominaba el pueblo y el paisaje con nubes muy bajas hasta las llanuras de la costa.

A la mañana siguiente el señor Bol me llevó en una vieja furgoneta a una finca a dos kilómetros de Santa Cruz.

—Hasta aquí llego yo —me dijo—. Lo que queda lo tendrá que caminar.

Me eché mi bolsa de viaje a las espaldas, y comencé a andar.

En Santa Cruz, hablé con un tal Valentín, cuyo nombre había mencionado María Luisa, y él me alquiló una mula y me guió hasta Blue Creek.

De modo que llegué cabalgando a casa de la tía de María Luisa, de nombre Manuela. Sin apearse, Valentín se puso a dar voces a la puerta. Salió la vieja, despidió a Valentín y me hizo pasar. Su hija no estaba, me dijo cuando le entregué la carta. Preguntó por los regalos, que le entregué. Luego fue a llamar a un niño para que me condujera a mi nueva vivienda.

No deshice mis maletas aquella tarde, ni aquella noche. El lugar me parecía hostil. En el suelo del cuarto más grande había un colchón que comenzaba a ser invadido por el comején. Lo sacudí, lo cubrí con una manta, y cuando se cerraba la noche me tumbé sobre él.

Amanecí con un brazo cubierto de ronchas. ¿La huella de un gusano, la orina de alguna araña? Sentí asco por el lugar, de modo que me puse a hacer la limpieza a fondo. Es extraño que el polvo de una casa que no hemos hecho nuestra pueda causarnos tanta repugnancia. Había envolturas de dulces esparcidas por el piso, lo que hacía pensar en la presencia de niños; y en la habitación del fondo, la más pequeña, dos sobres de preservativos y una caja de analgésicos pisoteada. Cuando terminé bajé a nadar al río, cuya agua corre rápida y fría.

Volví a la casa y allí estaba Lucrecia, la prima de María Luisa. Se parecen muchísimo, pero Lucrecia es un poco más alta, y –desde el principio tuve la impresión– más linfática, meditativa. Había sido maestra de escuela en Dangriga, me dijo, y más tarde se había casado con un veterano inglés, que acababa de morir.

Me enseñó cosas de la casa en las que yo no había reparado: un agujero en la pared, tapado con un corcho.

—Es tradicional —me dijo—. Un urinario. Éste fue hecho por mi padre. Da sobre unas plantas de morro, a las que cae muy bien. Son puros matorrales, por lo general, pero éstas —y me llevó hasta una ventana—, ¿las ves?, parecen árboles.

Y una pequeña compuerta, que estaba junto al colchón, por la que uno puede saltar al exterior —la casa descansa sobre seis pilares de madera.

—Por si hubiera que huir.

—¿Tradicional también? —le pregunté.

—No. Mi padre imaginaba cosas.

Me dijo que me enviaría una mesa y sillas para la cocina y una estufa de gas. Salimos al pequeño porche.

—¿Te gusta esto? —y miró el paisaje de colinas cubiertas de altos árboles.

—Mucho.

Señaló las vigas del techo.

—Aquí podrías colgar una hamaca —bajó las escaleras deprisa y se volvió—. Adiós. Vendré a verte a fin de mes.

Levanté la mano, la agité.

—¿Vuelves a Dangriga? —le grité, porque ya se alejaba.

—Sí —contestó.

Por la tarde hice una excursión de dos horas hasta el nacimiento del río, donde hay varias cavernas.

Al regresar, acostado en el colchón, me puse a escribirle a María Luisa. Le decía que la echaba de menos, le pedí noticias de mi sustituto, y le conté que había conocido a Lucrecia.

Al día siguiente vino a visitarme un curioso personaje. Llamaba mi nombre a voces desde la calle. Salí al porche y le dije que se acercara. La señora Manuela, me dijo, le había dicho mi nombre. Me miraba con una mezcla de recelo y curiosidad. No me dijo su nombre, y se puso hacerme preguntas. Si me gustaba el lugar, si pensaba quedarme mucho tiempo, si había visto las cuevas.

—Sólo por fuera —le dije—. Ya volveré, mejor preparado.

—Nadie las ha explorado —dijo con una sonrisa engañosa. Metió una mano en el bolsillo de su pantalón. La extrajo lentamente y la abrió, para mostrarme una pequeña figura, una cabeza en miniatura de jade dorado.

—¿Le gusta? —me preguntó.

—Es muy bonita. ¿Dónde la encontraste?

Tardó en contestar:

—En mi milpa, trabajando. Tengo más, si quiere comprar.

El hombre, lo noté entonces, estaba empapado de sudor, un sudor de olor fuerte, penetrante, y parecía fatigado. Jadeaba. En mopán, le pregunté si quería pasar a la sombra, si quería beber algo. Me miró con incertidumbre, y en ese momento me di cuenta de que no era indígena, aunque su piel era oscurísima.

—Pase adelante, si quiere refrescarse.

Entramos. Se sentó a la mesa y le serví un vaso de agua de coco. Bebió medio vaso de un trago largo y lento.

—¿Puedo ver esa pieza otra vez?

Asintió y la sacó del bolsillo, la limpió con un pañuelo y la puso en la mesa.

—Agárrela si quiere —se sonrió.

Tomé la piedra. Era muy suave, como aceitosa, pulida no sólo por el hombre sino también por el tiempo.

—La figura —le dije, mirándolo en los ojos con humildad—, ¿sabe usted quién es?

—¿La figura? No. Algún ídolo.

Pero era, lo reconocí con regocijo, en silencio, el dios cachorro de jaguar —¿el sonido "ba" del protomaya?

—Es muy valioso —dijo el hombre con seriedad—, eso es todo lo que sé.

Dos días más tarde, caminando por la vereda junto al río, oí una voz de mujer que cantaba en mopán. Me detuve a escuchar.

Cuando la voz cesó, se oyó un chapoteo. Me acerqué al río, rodeando unos peñascos, y vi que la mujer era Lucrecia. Inclinada sobre una piedra junto a la orilla, vestía sólo enagua, y restregaba una prenda. A su lado tenía un balde lleno de ropa blanca.

—Yo te hacía en Dangriga —le dije sin acercarme. Alzó la cabeza y me vio.

—¿Qué? —gritó—. No te oigo.

Me acerqué unos pasos.

—Oye —me dijo, entre divertida y seria—. Los hombres tienen prohibido ir a los sitios de lavar. Pero espera. Tú no eres de aquí. Es sólo que si alguien nos viera... Aunque muy poca gente baja a esta parte. ¿Paseabas? —se inclinó sobre el agua y echó una guacalada a la sábana extendida sobre la piedra. La espuma rodó hasta el agua y se disolvió en la corriente.

—Es mejor que me vaya —dije.

Ella se encogió ligeramente de hombros y se sonrió.

—Como quieras.

Caminé hasta el pueblo y fui a visitar a doña Manuela. Eran las cinco cuando llegué a su tienda. Me invitó a pasar a la parte trasera, una especie de pantry, que comunicaba con el patio de la casa. Varios almanaques y fotos de la familia colgaban de las paredes.

—Un señor vino a verme hace unos días. Me dijo que usted lo había enviado. No le pregunté su nombre.

La señora me miró, entre sorprendida y alarmada. Se sentó pesadamente en una silla de abacá.

—¿Y cómo era? —preguntó.

Describí al personaje: oscuro y enjuto.

—No hablaba idioma —agregué.

—Debe de ser Domingo —me dijo—. No es cierto que yo lo mandara.

—Pero lo conoce.

—Todo el mundo conoce a Domingo. Aparece cada lustro o así. Dicen que debe algunas vidas. Aquí no ha hecho de las suyas; nadie se mete con él. ¿No quiere beber algo?

Transcurrió un mes hecho de días y noches tranquilos, cuyos puntos culminantes fueron dos visitas de Lucrecia —una de ellas, acompañada de su madre, quien me regaló unos pasteles de elote, los que han pasado a formar parte de mi dieta— y la excursión que hice, guiado por el hermano menor de Lucrecia, a las cavernas de Kolom Ha, donde hallamos una vasija de barro, sin decoraciones, rota en cuatro pedazos, y un cuchillo de obsidiana.

No tenía nuevas de la capital, y aunque esto me permitía mantener en el olvido mi pasado y hacer vida normal, el silencio de María Luisa me inquietaba.

Por fin recibí noticias. Su carta decía así:

Me alegra saber que las horas que dedicamos al estudio de mi lengua no han resultado infructuosas, y que el instrumento que se forjó con mi ayuda le haya servido para hacer suyo ese pequeño pedazo del mundo. Créame que saberlo allá ha hecho más triste mi destierro. Sin embargo, mi amistad con usted y la familiaridad que he llegado a sentir con los objetos de su casa, son un refugio que me permite sentirme bien en esta ciudad grande y violenta. Es un sitio vil, al que la gente como yo acude por un impulso ciego. Usted ha vivido aquí toda su vida, y tal vez le parezca que exagero, y no obstante yo creo que ha tenido mucha suerte al haber sido obligado a emigrar a Blue Creek.

Su sustituto se comportó aceptablemente. Él creía haber alcanzado, como por milagro, todo lo que quería: una casa en este prestigioso barrio, con su biblioteca, su aparato de música y su televisión, y —cómo no— su sirvienta. Pues en caso de que alguien pudiera comprobar la presencia de usted en esta casa, serví a su sustituto como si hubiera sido el patrón. Aunque yo sabía que él se llevaba la peor parte. Se convirtió en la víctima de sus propios sueños. Palidecía visiblemente, y había engordado. Sólo una vez no regresó en toda la noche, y lo amenacé con no volver a dejarle entrar. Esta amenza, que no hubiera podido cumplir, surtió efecto, porque no volvió a ausentarse de esa manera; lo que prueba que estaba plena-

mente satisfecho de estar aquí, en el lugar del que usted, más sabio, decidió alejarse.

Fue asesinado a puñaladas en la bañera por un hombre que se hizo pasar por inspector de aguas.

Le mando la esquelita que anuncia su muerte.

En efecto, la esquela anunciaba mi muerte. Guardé la carta y salí a caminar. Fui a casa de Lucrecia. Estaba en la tienda, detrás del mostrador.

—Voy a quedarme a vivir aquí más tiempo del que creía —le dije.

Su hermano menor entró, dio los buenos días y pasó al otro lado del mostrador. Lucrecia salió a la calle.

La seguí. Caminamos juntos, pero en silencio, hasta las últimas casas del pueblo. Sopló una ráfaga de viento frío —era diciembre— que deshojó las ramas de un árbol de la cera. Lucrecia no me miraba, no quería mirarme.

—¿Te ha escrito María Luisa? —le pregunté. No respondió.

Por el otro lado del camino pasaba Domingo, cabizbajo, con aire triste.

Tú y yo, pensé.

La niña que no tuve

A los ocho años, había sido condenada a muerte. Una extraña enfermedad, cuyo nombre no quiero repetir, la disolvería en menos de ciento veinte días, según varios doctores. El médico que me dio las malas nuevas lo hizo cuan humanamente pudo, pero eso no bastó. Tuvo que ser cruel, con la crueldad particular que se desarrolla en esa profesión. Le pedí que describiera las etapas de la enfermedad, y él precisó punto por punto −"con un margen de dos o tres semanas"− la descomposición de mi niña. Como, terminada la descripción, él añadió: "Me temo que no hay nada más que nosotros podamos hacer", le dije que si lo que aseguraba no era cierto, yo lo maldecía.

Llegué a casa con pensamientos fúnebres mezclados con accesos de esperanza: pero la niña estaba tendida en su camita, pálida y temblorosa, pues era la hora de los ataques.

La niñera salió del cuarto en silencio, y yo me arrodillé al lado de la niña.

−¿Cómo te sientes? −le pregunté, y le besé la frente.

—Mal —dijo, y agregó—: Voy a morirme, ¿verdad?

Por un descuido mío, una semana antes ella había leído una carta del doctor, acerca de la posibilidad de su muerte.

—No creo —le dije—. De niño yo también estuve muy enfermo varias veces y sobreviví.

—Yo también quiero sobrevivir —dijo con una seriedad conmovedora—. Pero papi, si voy a morirme, si los doctores piensan que me voy a morir, dímelo, no me engañes.

Me miraba fija, intensamente, y no pude mentir.

—Según el doctor que ha estado viéndote, podrías morirte dentro de cuatro meses. Pero yo no le creo.

—¿Cuatro meses? —se puso a contar, primero mentalmente y luego, para asegurarse, con los dedos—. Eso sería en febrero.

Asentí con la cabeza. Tomé su mano, sudorosa, y la apreté. Y ella se quedó dormida, o, con su delicadeza de pequeña, fingió que se dormía.

Al día siguiente me levanté temprano, le hice el desayuno y le preparé el baño. Por la mañana, parecía una niña sana, y por un momento olvidé que había sido condenada. Salí de compras. Era una esplendorosa mañana de noviembre, de modo que al volver a casa, le propuse que saliéramos a pasear después de comer.

—¿Adónde quieres ir? —me preguntó.

—A donde tú quieras.

Dijo inmediatamente:

—A un lugar al que nunca hayamos ido.

Eran tantos los lugares a los que no habíamos ido, pensé. Había sido un error que yo la concibiera, yo, que siempre tuve miedo a la descendencia. Pero no me opuse a los deseos de su madre con suficiente determinación, y la niña nació. Su madre me abandonó hace tres años, y aquí estamos.

Cuando salíamos, al cruzar la doble puerta del vestíbulo, un hombre alto y pálido que aguardaba la ocasión, se introdujo furtivamente en el corredor.

—Un drogadicto —dijo ella, y el hombre pudo oírla.

—Tal vez —dije.

En la calle, me recriminó:

—Claro que era un drogadicto. Por qué dices tal vez.

—Tal vez te oyó.

—Y qué, es la verdad.

—A la gente no le gusta oír lo que uno piensa de ella.

Me miró, entre decepcionada y comprensiva, y dijo:

—Supongo que no.

En la esquina del Bowery y la Octava, me tiró de la mano.

—¿Por qué no vamos a Times Square?

Tomamos el subterráneo en Astor Place, con su telón de fondo kitsch. Abajo, en el andén, una bandada de poetas daba un tono intelectual y hasta elegante a ese agujero del *grand gruyère*. La cosa sería evacuar la ciudad, demolerla por completo de una sola vez, darle la espalda al sitio y reintegrarse a la realidad.

Subimos al tren, ingresamos en el túnel. El carro dio un bandazo, y los pasajeros que estaban de pie fueron lanzados unos contra otros, pero los cuerpos con caras grises se mantuvieron de pie, con un movimiento pendular, como si colgaran de sus ganchos en un matadero prolongado. Cadáveres de todas las edades.

El cemento era tan duro en la Calle 42 y el aire helado hería de la misma manera que diez años atrás, cuando caminé por primera vez en esta ciudad, pero el lugar había cambiado.

En la antesala de la muerte, hubiera sido de esperar que cada quien buscara el placer del prójimo como el suyo propio, pero suele ocurrir lo contrario. Así, en lugar de un jardín de las delicias de fin de siglo, la ciudad era una morgue suprema.

Dimos una vuelta por Times Square. Y así, entre aquel torbellino de gente muerta y un ejército de criaturas de Walt Disney, perdimos una de las ciento veinte tardes que le quedaban a mi niña.

Volvimos a casa decaídos al atardecer. Llegué al séptimo piso como siempre, sin aliento. Las luces de un pequeño rascacielos entraban, en lugar de la luz de las primeras estrellas, por un ventanastro en el otro extremo de nuestro apartamento. Me acerqué a la ventana. Era como arena erizada al lomo de un imán, aquel paisaje.

Preparamos juntos la comida y cuando nos sentamos a comer ella me dijo:

—Perdimos el tiempo esta tarde. Debí quedarme leyendo o estudiando. No tengo tiempo que perder.

—Pero linda, hacía un día hermoso.

—Sí, lo sé. Sé que tratas de hacerme feliz porque tengo poco tiempo. Pero no trates demasiado, ¿está bien?

Me quedé callado un momento, mientras ella miraba por la ventana el pequeño rascacielos.

—Claro, preciosa —dije después—. Perdona, pero nadie es perfecto —me encogí de hombros, y creo que, si hubiera tenido rabo, lo habría escondido entre las piernas.

Ella cerró los ojos, y luego me miró de una manera extraña. Me atemorizó.

—Papi —me dijo—, antes de morirme, quiero saber lo que es el sexo.

Levanté las cejas y tragué saliva y se me cortó la respiración. Habría oído algo en la escuela, pensé, era lo natural. Me pregunté fugazmente si no habría fantasmas pornográficos flotando todavía por la Calle 42. Recordé al ratón Mickey, a Pluto, a Clarabella.

—Sí, mi niña —dije con una sonrisa confundida—, un día de éstos te lo explicaré.

—¿Me lo prometes?

Asentí con la cabeza.

—No —insistió—, quiero que lo digas.

Dije que se lo explicaría. Miré el reloj que estaba sobre el televisor.

—¿Cuándo? —preguntó.

—Ya son las siete, cómo corre el tiempo —le dije—. Desde luego, hoy no.

Hizo una mueca.

—Sí —dijo—, ya lo sé, comienzo a sentir los temblores.

La acompañé a su cuarto, le puse el pijama y la acosté. Le di a tomar sus medicinas: tantas gotas de esto, tantas de aquello, tantas de lo otro.

—La luz —dijo.

Apagué la luz, y nos quedamos juntos en la penumbra esperando los ataques.

NEGOCIO PARA EL MILENIO

Primera carta

Enviada a Peter Beyle
(Presidente de la Asociación
Americana de Cárceles Lucrativas)

Querido amigo,

un hombre en un puesto de autoridad y al que todo el mundo admira debe estar siempre dispuesto a autoexaminarse, como dice el *Libro de los cambios.* Comienzo esta carta de presentación con una banalidad, pero como todo el mundo sabe, las banalidades son en realidad cosas profundas que, por hastío o por cansancio, hemos dejado de percibir. Ahora bien, no crea –como debe de creer en este momento– que quien le escribe es un chantajista. Es sólo que me veré obligado a usar el lenguaje y quizá también los métodos de los chantajistas para comunicarme con usted. Y aunque conozco más acerca de sus actividades de lo que usted podría sospechar, aquí se trata pura y simplemente de una proposición de negocios. Mi cautela, extremada y aun enfermiza si usted quiere, se debe a que me encuentro en una posición muy desfavorable y al temor de que usted –hombre de gran éxito y por lo tanto, cabe suponer, de escasos escrúpulos, pese a las apariencias– se aproveche de ella y pretenda conservar para sí mismo todas las ganancias que pueda generar el negocio que quiero proponerle.

Puedo casi imaginar los indignados levantamientos y fruncimientos de cejas que estas líneas han de producirle y espero que no impidan que siga leyendo mi carta, pero, con el fin de suscitar su interés, debo proferir una ligera amenaza –una advertencia, más bien: no soy una persona respetable. Soy –y al revelarlo parecerá que falto a mi propia resolución de ser cauteloso– un huésped de lo que usted llamó alguna vez, cínicamente, por cierto, la más lucrativa cadena de hoteles que ha existido jamás, que está completa el 100% del tiempo, con reservas y lista de espera hasta el año 2010.

Hace varios años que disfruto de su hospitalidad, y durante todo este tiempo he tenido la ocasión de enterarme de muchos detalles del funcionamiento de su empresa. Desde luego, yo podría estar mintiéndole, y es posible que todo lo que sé lo averiguara estando fuera, o que ingresara aquí sólo con el fin de dar los últimos toques a este negocio que voy a proponerle, que bien valdría un sacrificio así. O más aún, que todo lo que le he dicho sea falso, que yo no sea un huésped suyo sino un hombre libre que se oculta tras la cara o la firma de un prisionero.

Pero no estamos en abril y lo del negocio es absolutamente cierto, como podrá comprobar muy pronto, en cuanto entremos en contacto.

Mi nombre de batalla será por lo pronto Huésped Indeseable. Le ruego que, a la mayor brevedad, me envíe un acuse de recibo (c/o: penthouse.@.com.) por internet. Diga solamente: Huésped Indeseable, dónde estás. Y yo estaré contentísimo. Es una página de anuncios personales. He optado por esta vía de comunicación porque he podido comprobar que este servicio respeta la intimidad de sus clientes. He experimentado, ofreciendo hasta diez mil dólares para que me revelaran ciertos datos confidenciales, y se han resistido una y otra vez. Claro que por una suma más elevada, quizá sería diferente. He instalado unos doscientos anuncios para nuestro Huésped Indeseable esta semana, de modo que, si usted intenta descubrirme por medio de este servicio, es poco probable que me encuentre al primer intento, pues sólo uno de esos doscientos anuncios es el bueno.

Estaré aguardando ansiosamente su mensaje, y espero que lleguemos a establecer una comunicación recíproca que haga posible este negocio en realidad original, por medio del cual no sólo usted y yo sino todo este inexplicable y sobrepoblado planeta podría resultar beneficiado.

Segunda carta

A Peter Beyle

Querido amigo,

no crea, por favor, que estoy sentido por la falta de respuesta a la anterior. Aunque habría estado muy contento si me hubiera enviado el acuse de recibo para iniciar formalmente nuestra correspondencia, el que no lo hiciera no me descorazona, todavía. Hice enviar la anterior por medio de un mensajero de mi absoluta confianza, a su despacho en las Torres Gemelas del World Trade Center, donde, si mi información es correcta, pasa usted la mayor parte de sus días. De nuevo, no pretendo asustarlo a base de detalles, sólo quiero demostrarle que he hecho mi tarea y que conozco su perfil. Me he enterado, por ejemplo, de que viaja todos los días, sin exceptuar los domingos, de su mansión (*es* una auténtica mansión) en Long Island a las Torres, en helicóptero, a eso de las diez de la mañana, y no vuelve a casa hasta medianoche o así. Su despacho está en el piso 99 de la Torre 2, la de las antenas, y mira al norte. Imagino la vista que tiene de la ciudad —un vasto panorama de cubos de cemento, una especie de Lego para niños prodigio que a veces parecerá sublime, a veces infernal. Usted parece estar enamorado de la ciudad, y colecciona fotografías y pinturas de este excepcional paisaje urbano, injerto de hormiguero humano y entrañas de ordenador. Su cuadro favorito, por un artista cuyo nombre no recuerdo, es una pequeña acuarela de la ciudad vista desde lo alto, con un cielo crepuscular algo anticuado y colorido poco realista, con influjo, digo yo, de Turner.

De todas formas, sé que alguien muy cercano a usted pudo interceptar la anterior, y así *dañarlo a usted involuntariamente.* De modo que la presente no va dirigida solamente a usted, que quizá piensa que a estas misivas un poco desesperadas lo mejor es responder con el silencio, va dirigida también a esa persona íntima de usted, que podría creer que no entregándole mis mensajes le hace un favor, lo protege, pero que en realidad le perjudica, le hace un desfavor.

El negocio que quiero proponerle es lícito y aun honorable. Conozco su reputación de hombre honrado y no sería tan torpe como para hacerle una propuesta que pudiera ir contra las leyes de la nación ni contra un código moral estricto y elevado, como las apariencias indican que es el suyo. Espero que mi oscura posición social y la desfavorable situación en que me encuentro no sean obstáculo para una relación que podría ser —y le ruego que disculpe la repetición— enormemente benéfica para ambos y para la humanidad en general.

Así que envíeme ese mensaje que tanto espero. Le doy mis señas una vez más.

Tercera carta

A Peter Beyle

Querido amigo,

no me doy por vencido. Ahora sé, con casi completa seguridad, que las dos anteriores han llegado a sus manos
–dada la serie de despidos en el departamento de seguridad que proteje a su corporación. Ésta le llegará por un
correo distinto; pero le aseguro que esos despidos fueron
injustos e inútiles y que mi correo anterior se mantiene in-
cólume. En cualquier caso, no lo culpo por haber tomado esas medidas drásticas, puedo comprender el temor
que ha de sentir constantemente un hombre en la posición
de usted. Me molesta, sin embargo, el verme obligado a
insistir de esta manera, a convertirme en un individuo
molesto para usted, cuando mi intención al iniciar estas
comunicaciones era precisamente lo contrario: establecer
una relación mutuamente beneficiosa y hasta feliz.

Pero entiendo que antes de seguir adelante tengo la
obligación de hacer todo lo posible para ganarme su confianza. Haré todo lo que está en mis manos por conseguirlo, tan fuerte es para mí el poder de atracción de esta idea
que quiero explicarle, y que me parece ya una realidad.

Comprenda, por favor, que no sea yo explícito acerca
de la naturaleza del negocio en sí. Seré cándido. Temo
que, si le digo lo que pienso, usted sacará todo el prove-
cho de mi idea y se olvidará de mí. Después de todo, ésa
sería la reacción más humana, especialmente cuando yo

he tenido que hacerme odioso para usted con esta serie de mensajes cuya lectura le impongo o pretendo imponerle de esta manera disimulada e impertinente. No he tenido alternativa. Pero no quiero hacerle desperdiciar más de su precioso tiempo, así que entro en materia.

No hace falta que se lo recuerde, la Asociación Americana de Cárceles Lucrativas se ha convertido en los últimos años en una de las compañías con mayor rendimiento en la bolsa de valores de Nueva York, con socios accionistas como el Kentucky Fried Chicken, TWA, American Express, para nombrar sólo a los más conocidos. Dado el actual estado de cosas, las perspectivas para la AACL son en verdad excelentes. El desempleo en aumento; la creciente afluencia de inmigrantes ilegales; la desesperación típica de todo fin de siglo, para no hablar del milenio; todo esto garantiza un alza en la demanda de celdas de seguridad –y ustedes invierten actualmente gran parte de sus enormes ganancias en la construcción de nuevas prisiones. O sea: el riesgo económico que corren es nulo. Pero existe otro riesgo que no es posible olvidar: el riesgo político de la opinión general.

Ya hoy en día, un amplio sector de los contribuyentes se quejan de que no existan fondos, por ejemplo, para la educación o salud pública, y comienzan a preguntarse por qué su dinero no se invierte en estas cosas, sino en construir y administrar prisiones. O, más exactamente, en pagarles a ustedes para que las construyan y administren (a un coste sólo mínimamente inferior al de las prisiones del Estado). La preocupación por reducir los gastos de mantenimiento y operación de las prisiones ha sido una constante para usted, y usted ha hecho grandes progresos en ese sentido, como lo atestigua la nueva prisión de Lawrenceville, un panóptico realmente avanzado, donde un solo guardia es capaz de vigilar simultáneamente a quinientos prisioneros. Aun así, los gastos son altos y siempre se puede economizar más. Pero no voy a aburrirlo con los datos y cifras que usted examina todos los días en las gráficas digitales empotradas en la pared a la derecha de su escritorio. La competencia, y tampoco hace falta que lo diga, es tenaz. Me refiero a los gigantes como la Corrections Corporation of America, la Prisons for Profit Association, o el Private Prison Fund.

¿No tendría curiosidad de saber cómo sería posible, en cuestión de semanas y por medio de una inversión mínima, iniciar un negocio que le daría una ventaja vital sobre sus competidores —en la humilde opinión de un huésped de su insólita y exitosa cadena de prisiones, alguien que conoce íntimamente la prisión, la moral y las debilidades de los prisioneros?

¡Contésteme, amigo!

P. S.: Soy consciente de que sus colaboradores más hábiles trabajan incesantemente en el problema de la reducción de costes, y de que ya en el pasado han dado prueba de sobrada capacidad y brío —*i.e.* la institución de una fuerza de trabajo paralela dentro de las prisiones, donde está prohibido sindicarse y la hora laboral se paga a unos veinte céntimos de dólar, con lo cual han creado ganancias enormes para su compañía y han permitido que los mismos productos que hace apenas un lustro llevaban etiquetas como "Hecho en El Salvador", "Hecho en Corea", o "Hecho en Guatemala", hoy lleven de nuevo el orgulloso aviso de *Made in USA*. Y aprovecho para señalar también que estas geniales medidas han acarreado las críticas más duras de parte de sus rivales, que hacen todo lo posible por meter un hierro en las ruedas de la carreta de usted, y que han llegado a tacharle de neoesclavista. O sea, que esas medidas han significado para su compañía un alto coste político. No sólo los contribuyentes que están cansados de pagar el costoso mantenimiento de los criminales que constantemente les amenazan, también los políticos comienzan a quejarse de la incierta moralidad del sistema que usted valientemente puso en marcha. La gente es mezquina y sus opositores son maliciosos, sin duda, pero en este país los más numerosos son los más fuertes y paran teniendo la razón –si permite que yo se lo diga. *Mi solución es distinta*. Es una solución a prueba de críticas, rápida y final que, estoy seguro, se convertirá en *popular*. Creo que sabrá apreciar estas observaciones, en vista de los preparativos para las actividades electorales que se aproximan (a toda velocidad, o así me lo parece a mí, encerrado como estoy en esta cápsula electrónica y en vísperas del milenio).

Cuarta carta

A Peter Beyle

Querido, silencioso amigo,

sin duda las anteriores han de parecerle el trabajo de un maniático, y me culpo a mí mismo por haberle causado una impresión indeseada. Ahora, si usted cree que estoy loco, me pregunto cómo es que no ha querido contestarme, aunque fuera por cansancio o compasión. Así podría usted deshacerse de mí de una vez por todas (un simple mensaje dirigido al Huésped Indeseable que dijera: "Re: Negocio del milenio. No interesado. Gracias" me haría desistir), mientras que con su silencio sólo me obliga a seguir escribiéndole, y le advierto que seré perseverante.

Hoy no quiero hablarle de negocios; intentaré, una vez más, darme a conocer, a comprender. No le hablaré de mi pasado, por razones que no hace falta explicar, pero también porque el pasado no me interesa. La vida en prisión me ha transformado a tal punto que tengo muy poco en común con el individuo que un día fue arrestado, justa o injustamente, poco importa ya, en una populosa calle de Nueva York.

Aquí he podido hacer cosas que no hice nunca cuando estaba fuera, como tomar el hábito del estudio y la lectura. Al principio, me gustó en particular la filosofía, y mis lecturas oscilaban entre la lógica y la metafísica. Aparte de eso, no leía otra cosa que novelas policiacas o de *sus-*

pense. Hasta hace un par de años, cuando comencé a interesarme por el funcionamiento de su compañía.

Imagine usted a un hombre reducido a prisión como yo, un hombre que —como en un ejemplo de libro de filosofía— no puede apenas usar su voluntad, que debe sufrir todas las desdichas de este mundo, y pregúntese luego cómo, en tales circunstancias, podría pretender ser feliz. La respuesta del filósofo es, naturalmente, por medio del saber. Así que yo no he renunciado a mi felicidad, por insignificante que pueda ser la felicidad de alguien como yo, y he perseguido el saber, me he instruido. Pero como desde mi celda el mundo exterior parece tan remoto como Europa o la luna, me dedico casi exclusivamente al estudio de las cárceles y, particularmente, las cárceles privadas; es así como el estudio me ha llevado a usted.

En materia de prisiones, créame, he leído todos los libros. Prefiero a los autores franceses, con su cinismo particular, que les permitió comprender hace ya dos siglos que el criminal es *necesario* para el mantenimiento del orden burgués. Qué aburrido resulta, al lado de los franceses, el sueño anglosajón de ciudades blancas sin criminales y sin prisiones. Pero qué salto hemos dado, cuánto material inexplorado para un nuevo Foucault, con la novísima industria de la corrección lucrativa, que usted prácticamente inventó. Es como si el antiguo tablero de ajedrez se transformara de repente y, con las antiguas piezas, tuviéramos que seguir jugando un juego cuyas reglas no han sido formuladas todavía y que los nuevos jugadores tenemos que inventar o descubrir.

Pues bien, yo creo haber descubierto algo acerca de este nuevo juego, y quisiera –interminablemente me repito– compartir este descubrimiento con usted. En una de las anteriores, le decía yo algo que ya le habrán indicado sus expertos: actualmente la única clase de riesgo para una empresa como la suya es el riesgo político. He aquí uno de mis axiomas, a ver si nos entendemos: si el problema es político, la solución será ideológica.

Hay un límite para la labor de los ingenieros y técnicos de la norma y la conducta. Yo he querido ir más allá de ese límite. La cosa es tan simple, tan *evidente*, que me parece increíble que nadie haya dado con ella, que nadie la viera antes que yo. Pero casi todos los grandes descubrimientos han ocurrido así. Desde luego, yo tengo la ventaja de estar dentro para pensar en todo esto, y el secreto de mi... –ya no sé cómo llamarlo: negocio, proyecto, invento– está en el "alma" de los prisioneros, en la manera de pensar de los prisioneros, que casi nadie ha tomado en cuenta. Pero quizá llegó el momento de escuchar a los que estamos dentro, que somos muchos, que somos cada vez más. Recuerde, señor Beyle, que ya en la Francia de 1848, los habitantes de las prisiones dieron un magnífico ejemplo a la sociedad: mientras las escuelas de Angers, La Flèche y Alfort se rebelaban violentamente, la prisión de menores de Mattray dio el ejemplo de la calma.

P. S. Una pregunta: si el helipuerto de las Torres se encuentra en la Torre 1, y visto que no hay pasajes elevados entre las dos torres, si su despacho está en la Torre 2, ¿quiere decir que usted tiene que hacer ese largo viaje en ascensor cuatro veces al día?

Quinta carta

A Peter Beyle

Hola, amigo,

seré breve. Un pajarito, como decíamos antes, me ha traído la noticia, la lamentable noticia de los despidos en el departamento de la limpieza. Se ha equivocado usted una vez más. Supongo que el hecho de que más del noventa por ciento de los limpiacristales de rascacielos de Nueva York son latinoamericanos le haría sospechar que uno de mis mensajeros podía encontrarse entre ellos. No siga intentando localizarme así, pues no lo logrará. He invertido muchísimo tiempo y seso en idear la manera de hacerme inencontrable, si no es a través de internet y según mis instrucciones. No entiendo por qué se resiste a contestarme, pero sospecho que mi idea le interesa verdaderamente y que lo que pretende es apoderarse de ella, aprovechándose de su poder y de mi posición (supuesta —ya se le habrá ocurrido a usted o a alguno de sus especialistas que yo podría ser un hombre libre y que la historia del presidiario es una máscara).

Yo, por mi parte, he llegado a preguntarme quién es Peter Beyle en realidad. He dicho que conozco su perfil, pero el perfil de un empresario como usted es algo que se fabrica, se realza o se disminuye a capricho, y yo pude –igual que usted conmigo– equivocarme. ¿No será usted –me pregunto de vez en cuando, mientras aguardo su mensaje– al contrario de lo que yo imaginé, un ser obtuso y temeroso? Una especie de robot (Hecho en MIT) cuyo programa no prevé la comunicación con alguien tan imprevisible como yo. Lo único que ha podido hacer hasta el momento es enviar cientos de bizcochos* a mis anuncios de internet para ver si yo mordía, cuando le advertí que eso sería en vano; y luego, iniciar un torrente de despidos entre la gente que le rodea y que le ha sido fiel durante años. Vaya desperdicio.

Aprovecho para enviarle mis nuevas señas, por si decide contactarme: Hombre Invisible/penthouse.@.com –aunque dudo que lo haga y empiezo a investigar otras compañías carcelarias, con la esperanza de encontrar un socio más atrevido que usted. Reciba esto como amistosa advertencia; y recuerde que es usted quien me obliga a buscar otra posibilidad. Le aseguro que, a mi juicio, el socio ideal para esta aventura es usted. Me encantaría que encontráramos la manera de recuperar el tiempo, la energía, el dinero y demás recursos ya invertidos.

* Bizcocho: espía cibernético enviado a tu disco duro a través de tu navegador mientras visitas una dirección de internet. Si visitas de nuevo esa dirección, el procedimiento se invierte, y tu ordenador y el de tu "servidor" entablan conversación, probablemente sin tu conocimiento. (Nota del editor.)

Sexta carta

A Peter Beyle

Querido amigo,

me decepciona usted cada vez más. Protesto: ¡no más despidos! La semana pasada diezmó usted, *por culpa mía*, al personal cautivo de las dos compañías que emplean a más presidiarios cualificados en toda la nación: TWA y AT&T. Sí, sigo culpándome a mí mismo, pero no crea que me echo toda la culpa. ¿No comprende que todos esos despidos han sido en vano? Supongo que esta última serie de despidos se debió a que usted y su gente piensan que la persona que los importuna con estas cartas debe de ser alguien "cualificado", y alguien con acceso a los teléfonos y al internet, de modo que podría ser uno de los cientos de miles de empleados cautivos de estas compañías. Ésa era una posibilidad, desde luego. Era. Hágame caso: detenga esa estúpida catarata de despidos, que no le llevarán a nada, y que me enojan. Realmente me enojan, pues causan un dolor y un sufrimiento innecesarios a gente que ya no los necesita, que ya tiene bastante de todo eso.

Me siento, al seguir escribiéndole, como uno de esos enamorados que no son correspondidos. Como aquel enamorado, temo no haber usado el lenguaje correcto para tocar el corazón de la persona amada. Y sufro como él, porque creo que lo que tengo que ofrecerle es un tesoro, algo que, si usted pudiera *verlo*, le parecería un don del cielo.[*]

Pero me armo de paciencia. Si algo me hace diferente de aquel amante desdichado, es que para mí, encerrado como lo estoy en su prisión privada y condenado a estarlo de por vida, ya no existen las tragedias. Pero los conflictos, como los espías cibernéticos que usted sigue mandando, como los inhumanos despidos, las maniobras secretas, todo esto me parece innecesario, estúpido y perverso.

Pero estos enojos míos son pasajeros, como los del amante que se pone rabioso un momento cuando es rechazado, pero que al poco tiempo regresa a la amada con su canción de amor.

Séptima carta

A Peter Beyle

Querido amigo,
   ¿cuántos condenados a cadena perpetua hay actualmente en su cadena de prisiones? Los datos que barajo arrojan la cifra de 50,000. Quizá sean más.

Le he dicho que me encuentro entre esos condenados de largo aliento, y así, indirectamente, he abdicado. El

---

[*] No crea que se trata de una idea inspirada en el ejemplo de la China, que al parecer maneja sus populosas prisiones como bancos de órganos para los pudientes incurables del llamado mundo libre, cuyo número aumenta año tras año.

círculo se cierra, como dicen, y es hora de hablar claro. Me he dado por vencido, finalmente. Y no sabe usted qué alivio siento; es como si me hubieran quitado de encima un peso enorme. Esta frase hecha expresa perfectamente lo que he sentido al decidir revelarle mi secreto: un peso que me oprimía los pulmones, como un íncubo que me impedía respirar, ya no está ahí, se ha levantado, y conozco de pronto el significado exacto de esa palabra profunda que se ha hecho banal, la palabra libertad.

Pongo las cartas sobre la mesa; el juego está por terminar.

Usted sabe perfectamente cuál es el problema de las cadenas perpetuas. Aunque para su compañía los presos a perpetuidad somos buenos clientes, el coste que representamos para los contribuyentes es elevadísimo. Mi caso, por ejemplo: tengo veintinueve años, y según el examen médico que me hicieron siete meses atrás, me encuentro en perfecto estado de salud, salvo una dolencia reumática que se ha venido agudizando desde que ingresé aquí pero que, según los doctores, no va a matarme, al menos no antes de unos treinta años. Así, si el coste de mi celda y mi comida es de cincuenta dólares diarios aproximadamente, para usted yo represento alrededor de medio millón de dólares, sin tomar en cuenta la inflación y suponiendo que viviré sólo veinte años más. Si, como lo indican mis informes, la mayoría de los penados perpetuos somos más bien jóvenes, estamos hablando de un presupuesto de unos veinticinco mil millones de dólares, si no me equivoco, para los próximos veinte años.

Tengo poca familia; de hecho, mi única familia cercana es mi madre, que vive en el extranjero. (Yo vine a los Estados Unidos hace siete años, y en cuanto vi desde el avión la brillante isla de Manhattan y el circundante manto urbano de la gran ciudad de Nueva York, supe con un ligero estremecimiento que yo viviría y moriría allí. Pero me he hecho una promesa que no dejaré de cumplir: no envejeceré en su prisión. Por eso, durante todos estos meses, estos años, he estudiado, he pensado tanto.)

He aquí mi proyecto. Usted fundará una nueva asociación, que podrá llamarse algo así como The Beyle Suicide Fund, que prestará al gobierno y a la sociedad el siguiente servicio. Supongamos un hombre joven y desesperado, condenado a cadena perpetua y con una madre por quien preocuparse. Pues la Fundación Beyle le propone que evacúe su celda, mediante el suicidio, veinte años antes de lo previsto, a cambio de cierta suma de dinero destinada a sus seres queridos. Yo le aseguro que no podría resistir una oferta de, digamos, cien mil dólares. Entonces, su empresa podría cobrar unos ciento cincuenta mil por preso evacuado, en concepto de servicios y trámites legales, y todo esto supondría para el Estado y los contribuyentes un ahorro de por lo menos un cuarto de millón por cada prisionero. (Aunque es cierto que en algunos estados el código penal establece que fomentar el suicidio es ilícito, ¿no cree que —así como usted consiguió hace pocos años que se modificaran ciertas leyes que impedían la privatización de las prisiones— sería relativamente fácil, sobre todo en vista de los cuantiosos ahorros y ganancias, hacer a un lado estos obstáculos?)

He desarrollado ya un sistema filosófico que gira alrededor de mis ideas, con el cual sería posible infectar a muchos compañeros presidiarios, en beneficio de usted. Y he pensado en cómo alcanzar no sólo a los que se encuentran dentro, sino también a los miles o millones de hermanos desesperados que están en el exterior. El crimen será provechoso para todos. Y si mientras más grave es el crimen es más larga la condena, mientras más grave sea el crimen que uno cometa, su muerte será más lucrativa. El crimen sería una salida *inteligente* para los desesperados, y el planeta se vería ligeramente aliviado del actual estado de sobrepoblación. Piense en los países latinoamericanos en que ustedes tienen o planean establecer sucursales, como Brasil, Colombia, El Salvador y Guatemala, donde los costes en general son mucho más bajos que los de aquí, pero donde la criminalidad es muy superior, así como son mucho más intensos el *thanatos* y la desesperación. ¡Minas de oro!

Pero no crea que soy sólo un ambicioso, o que hablo en abstracto. Estoy dispuesto a dar el ejemplo. He aquí mi oferta inicial: desocuparé mi habitación veinte años antes de la fecha previsible (2020), con la condición de que usted deposite en una cuenta de banco que tengo en conjunto con mi madre la cantidad de cien mil dólares exactos.

Si la propuesta le interesa, mándeme un mensaje de internet a cargo del Hombre Invisible, y yo le enviaré a vuelta de correo mi número de cuenta bancaria y el nombre de mi señora madre.

Octava carta

A Peter Beyle

La esperanza es la última diosa: es cierto.

He optado por la defenestración, por facilidad y economía personales. (Dicho sea de paso, la seguridad es deficiente en sus prisiones.) Pero yo había soñado con una revolución. Mañana, el día de mi muerte, yo no moriría solo, morirían conmigo cientos y quizá miles de hombres como yo. Y esas muertes no hubieran sido inútiles, habrían beneficiado a miles de familias desamparadas, y le habrían enriquecido a usted todavía más.

Pero se me ocurre que después de mi muerte usted podría difundir mi filosofía para beneficiarse con ella. Quizá decida fundar una asociación como la que yo soñé, que respalde y administre mis ideas.

Entonces, para evitar que estas ideas, en forma de panfletos y manuales, lleguen por medio de mis mensajeros a manos de la competencia y beneficien a otro, le ruego se sirva depositar *cuanto antes* en la cuenta de banco que comparto con mi madre, cuyos datos adjunto, la cantidad de cincuenta mil dólares exactos.

Y hasta nunca, Peter Beyle.

Hasta cierto punto

1

Septiembre de 1995

Disculpa que no te escribiera antes, pero he estado adaptándome a esta ciudad, cosa que, hasta cierto punto, ha sido fácil. No te imaginas cuánto ha cambiado mi vida, cuánto he cambiado yo misma en este tiempo. ¡Pero tardarme tres meses en escribirte a ti, mi mejor amiga! Para eso hay una explicación, o mejor dicho, una serie de explicaciones.

Recién llegada, antes de que se armara el escándalo acerca de mi padre, yo creía haber encontrado aquí mi versión del paraíso terrenal, y tú sabes que nunca he aspirado a paraísos de otra especie. ¡Qué sensación de libertad, después del ambiente al que estamos acostumbrados allá! La gente me parecía toda guapísima, una fauna exótica y como *más allá* de la última moda, con el fondo de líneas verticales de este rompecabezas de rascacielos. Como todo el mundo repite, lo bueno de Manhattan es que tiene de todo, y eso ayuda a que aun alguien con una historia como la mía pueda sentirse más o menos normal. (Estoy segura de que te encantaría, y espero que algún día puedas venir a visitarme.)

Mi madre me ha obligado a inscribirme en una escuelita de música llamada The Music Box, creo que sólo porque se encuentra a la vuelta de la esquina. La escuela me parece malísima, de lo más retrógrada, de verdad, con momias en lugar de profesores, que creen que la historia de la música terminó hace casi un siglo, más o menos con Brahms. En Downtown –la parte baja y más vieja de Manhattan– las hay mucho mejores, con programas acerca de Cage, Cowel & Company. Pero mi madre dice que no quiere tener que preocuparse porque yo ande viajando en el subterráneo o en autobús. La verdad es que quiere mantenerme alejada de Downtown, que le parece territorio de perdición. Pero ése es el barrio que más me gusta, y adonde pienso mudarme en cuanto pueda. (O sea, inmediatamente después de mi próximo cumpleaños.)

Mientras tanto, recibo clases de piano, flauta y solfeo todas las mañanas. Por las tardes, mi madre me pone a practicar (hay un piano de media cola en el apartamento) y más tarde me lleva a una clase de danza un día, y al otro, a una de gimnasia. Así fuimos a Downtown la primera vez, porque allí se dan las clases de danza más innovadoras, como las de técnica de *contact* y *release*. Pero, como en una de estas clases era principalmente cosa de revolcarnos todos por el suelo y tocarnos por todas partes (y aunque los bailarines te dirán que no hay nada de sexual en todo eso, que sirve solamente para "hacer correr las energías", algo tiene de sexual, no creas que no), mami resultó escandalizada. Llegó a usar la palabra "degenerado" al referirse al profesor, y ahora la usa al referirse a los habitantes de la isla que viven al sur de la Calle 34.

No me gusta el barrio donde vivimos, el Upper East Side, que, abstracción hecha del paisaje de edificios, podría ser la Cañada, en cuanto a clima mental. Claro que no deja de ser Nueva York, pero la acción ocurre en otra parte. Te lo repito, ven a verme si puedes. Hay sitio en el apartamento si quieres quedarte con nosotros, así que si no tienes dinero para el pasaje, intenta conseguirlo. Yo creo que el esfuerzo vale la pena.

2

Diciembre de 1995

¡Feliz Año Nuevo!

Hace casi tres meses que te escribí, y todavía no tengo noticias tuyas. Ojalá tuviera un número de fax a donde mandarte ésta, pero qué le vamos a hacer.

Aquí mi vida sigue sufriendo transformaciones. En primer lugar, el escándalo de mi padre ha alcanzado proporciones gigantescas. En noviembre, mi tío, el hermano de mi madre, nos envió algunos periódicos locales, así que supongo que ya te habrás enterado. Y espero que tu silencio no se deba a que estás demasiado horrorizada por el hecho de que tu mejor amiga de la infancia resultara ser la hija de un secuestrador.

Mi madre está deshecha. La comprendo, incluso la compadezco, pero aun así me cuesta muchísimo simpatizar verdaderamente con ella. Mi padre será lo que quieran, pero para mí fue un padre ejemplar, al contrario de mi madre, que siempre me pareció que disfrutaba haciéndome la vida imposible.

No puedo creer que mi padre sea culpable de todas las atrocidades de que le acusan. Y en cualquier caso, le creo cuando me dice que todo lo hizo por mi madre y por mí. En lo más profundo, lo he perdonado. No así mi madre. Ahora que lo han extraditado, dice que no quiere saber nada más acerca de él. Que si antes de casarse le hubieran dicho que pasaría veinte años en compañía de un asesino, se habría suicidado, que todavía no está demasiado vieja para rehacer su vida, etcétera, etcétera. En todo caso, está bastante bien instalada en este edificio de apartamentos (plagado de familias centroamericanas, casi todas judías, por si te interesa saberlo), que mi padre dejó a su nombre, y con una cuenta bancaria que le permitirá vivir el resto de sus días sin trabajar.

Pero he decidido no complicarme demasiado la existencia pensando en todo esto. Qué afortunada me siento —en medio de la catástrofe— en esta ciudad, donde sé que podré rehacer mi vida y seguir adelante. Qué horrible sería estar allá. Éste es el último favor que tendré que agradecerle a mi padre, pues fue él quien decidió que viniéramos aquí. Batalló por convencer a mi madre, sin poder revelar que se trataba de una fuga. Decía que pensaba en mí, en mi futuro, y yo creo que era cierto.

He interrumpido mis clases de música, para gran disgusto de mi madre. Pero estoy convencida de que no tengo oído musical, así que para qué. Bastó con que dejara de acudir tres veces seguidas a mis lecciones de solfeo para que la maestra (que es también la directora de la escuela, una viejita cascarrabias) telefoneara a mi madre para decirle que en realidad la escuela no era para mí y que no pensaba permitir que mi madre siguiera malgastando su dinero. Ella, impresionadísima con la honestidad de la anciana, y tan indignada por mi actitud que, como castigo, me ha quitado mi *allowance* de un mes.

Ahora está empeñada en que yo tome unos cursos y talleres de arte, a lo que no me opongo, aunque sé que más tarde voy a desilusionarla, si su esperanza es que algún día me convierta en artista. Y seguimos acudiendo a las clases de gimnasia y ballet.

La universidad resulta demasiado cara, dice mi madre, y además nos vinimos tan deprisa que no tengo conmigo todas mis equivalencias escolares, de modo que por ahora no corro el riesgo de que me obligue a inscribirme. No estoy segura, pero parece que en algún sitio hay más dinero, una cuenta confidencial que nos ha dejado mi padre, pero que todavía no podemos usar. Ella espera tener acceso a ese dinero dentro de poco tiempo, pero lo que soy yo, no lo tocaré jamás, ni con una vara de veinte metros.

Comienza lo peor del invierno. Lo único que tiene de bueno este edificio es la calefacción. Fuera, hace un frío de enanos, y todo el mundo tiene la nariz roja y hasta las meadas de los perros se congelan al instante, pero en mi cuarto, donde hay un viejo radiador, hace un calor de baño de sauna. Por las noches, el aire en el interior se pone tan seco que se te agrieta la piel, de modo que mantengo una toalla mojada sobre el radiador, para crear humedad. Resultado: un baño turco.

No seas ingrata y contéstame. Y si puedes, ahorra un poco de dinero para venir a visitarme esta primavera, preferentemente para mi cumpleaños.

3

Febrero de 1996

Por medio de Paulina me he enterado, primero, de que estuviste en Miami —y me pregunto por qué no me llamaste— y segundo, de que has recibido mis cartas.

A Paulina la vi por casualidad hace unas horas en el Balducci's de Broadway y Prince, adonde ella había ido de compras. Yo estaba bebiendo un *espresso* con mi amigo Jeff (toda otra historia, que tal vez te contaré más adelante) y ella estaba sola, escogiendo sus últimas chucherías mientras hacía cola para pagar. Me acerqué a saludarla, y al verme creo que se asustó. Lo comprendo —sabiendo cómo es ella, y después de lo de mi padre— y para tranquilizarla le dije que sólo quería noticias tuyas, que suponía que se seguían viendo. Entonces me contó que ustedes dos habían ido juntas de grandes compras a Miami para las Navidades. No quise hacerle más preguntas —aunque tuve la oportunidad, mientras la cajera verificaba su tarjeta de crédito—, creo que ni siquiera le dije adiós. No me extraña que alguien como ella tenga horror de conversar conmigo. Pero tú... ¿O no se trata de eso?

Tal vez simplemente no tienes nada qué decirme por el momento, o no sabes qué decir —eso pienso, como último recurso. Sería típico. Recuerdo la vez que te conté que me había acostado con Fernando. Era la primera vez. Dejaste de hablarme durante semanas, hasta que un buen día fuiste a buscarme a casa y querías que te lo contara todo, y así comenzó una nueva etapa de nuestra amistad. Pero hace ya medio año que me marché, y me gustaría saber si todavía tengo una amiga en Guatemala. Por favor, si mis cartas te molestan, dímelo, aunque sea por medio de una postal.

4

Junio de 1996

Hace dos semanas fue mi cumpleaños, y pensé mucho en ti. Para comenzar te cuento que me he marchado de casa, como me lo había propuesto. Mi madre no hizo mucha bulla, afortunadamente. Tiene una aventura amorosa bastante intensa con un médico venezolano, así que creo que mi fuga le ha resultado conveniente. Además, como mi padre pasará el resto de su vida en la cárcel, es completamente libre.

No creas que te lo cuento para que me tengas lástima, sino para mostrarte hasta qué punto he roto los vínculos con mi familia. (¿Quizá porque siento que así, en cierta manera, me limpio del estigma que ha causado nuestro distanciamiento?)

Me he mudado al apartamento de Jeff, que es ahora toda mi familia. No sabes qué gusto da tener una familia que tú misma has escogido, en lugar de una que te ha sido impuesta. Supongo que es una prueba de madurez.

Jeff es músico a ratos perdidos, y para ganarse el pan trabaja en un laboratorio odontológico, haciendo empastes y puentes. Lo conocí hace unos meses, en una clase de danza africana, donde él acompañaba con sus congas. Era una de esas clases en Downtown a las que yo tenía que acudir clandestinamente por las tardes, después de mis clases de arte en Midtown. Nos enamoramos y ahora vivimos juntos, sencillamente. No creo que sea para toda la vida; mientras tanto, yo feliz. Él tiene veintiocho años, pero parece de nuestra edad. Es lo que se dice un ser libre. Trabaja mucho de lunes a viernes, pero los fines de semana con él son una verdadera fiesta; siempre tiene que tocar en algún club (pertenece a varios conjuntos), y luego nos vamos de copas o a bailar y lo demás.

De vez en cuando tengo la extraña sensación de que acabo de llegar, o más bien, de que acabo de *nacer*, y siento unas enormes ansias de crecer y ver más mundo. Aquí, el tiempo pasa volando y yo aprendo algo nuevo cada día y cada día descubro que tengo muchísimas cosas más que aprender. Y, sabes, lo único que me entristece un poco, es no tener una amiga como tú, alguien a quien conozco desde siempre, para poder compartir todo esto y, por así decirlo, mirar hacia atrás.

Me pregunto qué haces tú en Guatemala. ¿Vas a la universidad? ¿Trabajas? ¿A quiénes ves? Y sobre todo, ¿cuánto habrás cambiado? Porque habrás cambiado, sin duda —ésta es la edad de los grandes cambios. Apenas me acuerdo de cómo era yo misma hace un año, cuando me fui. Supongo que te resultará difícil creerlo, pero a pesar de la tragedia que me ha tocado vivir, no cambiaría por nada del mundo mi estilo de vida actual. No es que quiera ser arrogante, o que me sienta demasiado satisfecha de mí misma, pero si tú supieras lo que es sentirse tan libre... Desde luego que no me he emancipado completamente. Dependo de Jeff para muchas cosas, me siento un poco como una concubina, y eso no está bien. Pero estoy buscando un empleo para ayudarlo económicamente, y luego pienso continuar mi educación —aunque no estoy segura de qué quiero estudiar.

Ya es el verano, mi estación favorita, a pesar del calor que todo lo derrite y que te roba energías, pero que tiene la virtud de dejar prácticamente vacía la ciudad. La poca gente que se queda es la más joven y alegre, y vive fuera, en las calles y en los parques. Los olores son más intensos, y la ciudad adquiere un aspecto casi tropical. Insisto en que deberías venir a pasar aquí aunque sea unos días, para experimentar un poco de todo esto. Te mando mis nuevas señas. Como ves, sigo siendo fiel a nuestra amistad, y no pierdo las esperanzas de que reanudemos el contacto.

5

Noviembre de 1996

Gracias por la postal. De modo que fuiste a París y no te las arreglaste para hacerme ni siquiera una visita de lechero. No creas que considero la postal como respuesta. Más bien la sentí como una especie de provocación, después de mis larguísimas cartas y tu silencio. No importa. Como sabes, nunca me hice ilusiones acerca de lo que significa la amistad.

Me alegra saber que te divertiste en París, aunque te diré que mi idea de diversión no es una noche de copas en el Moulin Rouge. Y celebro que tuvieras, como dices, tiempo para "una aventura exótica". (Mi traducción de eso sería un revolcón con un argelino, o algo por el estilo.) Lo que me parece un poco cómico es que le dieras tanta importancia a algo así, como para sentirte impelida a romper tu silencio y escribirme. Y eso me hace preguntarme cómo será —cómo seguirá siendo— la vida sexual en Guatemala para una mujer joven y guapa como tú. Cuando pienso en eso, casi le agradezco a mi padre el sambenito del secuestro, que me expulsó de allá. No creas que esto es un jar-

dín de rosas, pero aun con mis problemas (detesto el trabajo que acabo de conseguir, creo que Jeff tiene una amante) la simple idea de no estar allá me hace feliz. "¡Me he
escapado, me he escapado!" —ése es mi estado de ánimo
predominante cuando pienso en Guatemala.

Cómo corre el tiempo. Ya es otra vez el otoño. Dos años
sin vernos. Misteriosamente, una hoja roja arrancada por
una ráfaga de viento, me cayó ayer en la cabeza cuando
atravesaba Tompkins Square, y me hizo pensar en ti.

Estoy considerando la posibilidad de mudarme y conseguir una compañera para compartir el alquiler, porque
con Jeff la cosa ya no funciona. Intentaría persuadirte para
que vengas a vivir conmigo, pero sé que fracasaría, de
modo que no lo intentaré.

6

Marzo de 1997

¡De modo que te casas! Felicidades, aunque me cuesta creerlo. Recuerdo muy bien la vez que me dijiste que no te ca-
sarías nunca, porque no querías niños y los hombres eran
una partida de cerdos. Yo estaba de acuerdo, desde luego,
pero hoy en día veo a todo el mundo con un poco más de
indulgencia. En cualquier caso, supongo que habrás ele-
gido sabiamente, aunque no me has contado nada acerca
de él. ¿Es rico y guapo, inteligente y gentil?

¡Cuéntame!

Octubre de 1997

Gracias por tu carta, que me tomó completamente por sorpresa. Me he mudado en tres ocasiones durante los últimos meses, pero por fortuna la persona que pasó a ocupar mi penúltimo apartamento —adonde llegó tu carta— es una amiga de amigos, y me la reenvió.

Quieres saber si ha habido muchos cambios en mi vida. La respuesta es sí y no. He dejado a Jeff y ahora vivo sola, lo que es, créeme, una mejora. Es la primera vez que me siento totalmente independiente, y, aunque al principio me sentía un poco extraña, ahora adoro mi soledad. No sé si algún día decida vivir otra vez con alguien, pero por de pronto quiero disfrutar de mi emancipación. También he cambiado de trabajo, y esto es otra mejora, porque gano mucho más dinero y detesto menos el nuevo trabajo que el anterior. Aparte de esto, todo sigue igual. Me pides que te cuente cómo son *mis semanas* aquí. La pregunta suele ser, cómo son tus días, y si me hubieras preguntado eso quizá mi respuesta habría sido que mis días no se parecen entre sí. Pero al pensar en mis semanas, gracias a tu pregunta, he podido ver que siguen cierta norma. Para darte una idea más clara del asunto, me he tomado la molestia de revisar los recibos que he guardado últimamente. He aquí, en esquema, mis actividades durante la primera semana de este mes.

Clases de danza: cuatro, sesenta dólares. Un espectáculo de danza: veinte dólares. Películas: dos, dieciséis dólares. Cenas: cuatro, cien dólares. Un club nocturno: cincuenta dólares. Una clase de meditación: quince dólares. Galerías de arte: diez, gratis.

Visitar galerías se ha convertido en uno de mis pasatiempos favoritos. Además de ser gratis —cosa muy importante para alguien como yo— me encanta el ambiente que se crea alrededor de las obras de arte. Por mucha confusión que exista actualmente acerca del arte, cada quien tiene sus propias ideas acerca de lo que es una obra de arte, y eso, me parece, es lo que cuenta. Hay en algunas obras raras como un residuo de lo religioso —pero sin ningún elemento didáctico, de modo que tú puedes ponerte en contacto directamente con el espíritu creador. Desde luego que hay incompetentes y charlatanes por todas partes y abundan los artistas falsos y por cada uno que es auténtico hay cien que se engañan. Pero si tienes suerte y tu artista sabe lo que hace, unos minutos de contemplación pueden bastar para darte tanta felicidad como cien sesiones de, digamos, meditación trascendental.

Adjunta te mando una tarjeta con mis nuevas señas y número de fax.

Enero de 1998

Así que no funcionó. La verdad, no me extraña, pero cuatro meses es realmente absurdo. Dices: Felipe es *más* que un cerdo. No sé exactamente lo que quieres decir; sólo espero que no estés encinta —de ninguno de los dos. Qué injusto que él te descubriera a ti en flagrante delito, y así se sintiera con derecho a tratarte como dices, cuando tú hiciste lo que hiciste por despecho. Las escenas que haría tu madre: puedo verla, acostada en su cama con una toallita mojada tapándole la cara mientras te echa un sermón.

Como entendida en catástrofes, lo único que puedo decirte es que todo pasa finalmente, que tu vida encontrará la manera de reorganizarse y que antes de darte cuenta te habrás transformado, serás otra y te costará comprender cómo fuiste ayer.

9

Febrero de 1998

Comprendo perfectamente tus deseos de salir de Guatemala, de comenzar de nuevo. Dices que piensas en venir a Nueva York, y me parece buena idea. Pero me preguntas si en el apartamento que tengo actualmente habría espacio para alojarte, y me temo que la respuesta es no. Claro que tratándose de ti podría hacerte sitio aun en mi propia cama, pero por desgracia es mal momento. Estoy viéndome con un chico que me encanta, y como él comparte apartamento, usamos el mío cuando queremos estar solos, así que sería molesto tenerte de huésped. ¿No tienes otros amigos o conocidos aquí? Se me ocurre preguntarte si no has pensado en París, y si conoces gente allá, porque me parece que es otra ciudad donde cualquiera podría rehabilitarse. Pero si de todas formas decides intentarlo en Nueva York, telefonéame cuando estés aquí. Podríamos ir juntas al cine o a las galerías de arte o al teatro, o, si todo eso te aburre, a comer o tomar unas copas o un café.

VÍDEO

De las ciento treinta y nueve videocintas que vi durante mi estadía de casi un año en Nueva York, éstas son las que más me impresionaron:

"MATERIA": Primera parte: en la pantalla, en primer plano, un dedo apoyado en un pedazo de madera brava, una tabla astillada. El dedo comienza a frotar la madera mecánicamente, y, segundos más tarde, herido por las astillas, empieza a sangrar. Fin de la primera parte. Segunda parte: todavía en primer plano, el dedo sangrante introduce la uña, un poco larga, en una raja de la tabla. Despacio, el dedo comienza a girar, de modo que la uña se levanta de la carne dolorosamente hasta el blanco. Fin.

"RATÓN MALO": Vista vertical de una gramilla verde salpicada con hojas otoñales. En el centro, un ratoncito blanco atrapado en una trampa de cola. Está quieto, con los ojos abiertos, y de pronto, frenéticamente, intenta libertarse, sin resultado. Vuelve a quedarse quieto, como conforme, pero después de un momento vuelve a luchar. Exhausto de nuevo, vuelve a la inmovilidad. Ocurre un corte, y sabemos que el tiempo ha pasado, pero para el ratoncito todo sigue igual, salvo que ahora los intervalos entre lucha y quietud se han hecho más largos. Otro corte: el ratón ha cerrado los ojos, pero sabes que no ha muerto, se le ve respirar; sin abrir los ojos, vuelve a moverse —más bien, un temblor recorre su cuerpo: es el reflejo de libertad que sigue vivo.

Misericordiosamente —pues tú crees que vas a presenciar la muerte por inanición que les espera a los ratones que caen en aquellas trampas— aparece en la pantalla el cañón de una pistola que, de un balazo, borra al ratón.

"AMOR NATURAL": Por la banda sonora —una sinfonía de ruidos urbanos— suponemos que la nave donde yace la mujer desnuda se encuentra en Nueva York. Es una mujer madura, voluptuosa, que, increíble pero indudablemente, tiene relaciones sexuales con un jaguar (hay primeros planos de la penetración). Una voz impersonal explica que al jaguar, proveniente de Amazonas, se le han extraído los colmillos y las uñas, pero no ha sido castrado.

"CALOR": En una esquina del Bowery, toma fija de un grupo de niños pobres jugando con el poderoso chorro de agua de una boca para incendios, empapados y felices.

"Torres": Las veinte mil horas empleadas para erigir las Torres Gemelas de Nueva York, comprimidas en una video-cinta de quince minutos, tomado por una cámara fija desde Battery Park.

"Paseo virtual": Ludwig Wittgenstein paseando con Gertrude Stein por los jardines del Palais-Royal. No intercambian una sola palabra, pero uno tiene la impresión de que se comunican entre sí, y de que no están de acuerdo en nada. Paul Klee aparece en el fondo. Fin.

"Tiempo": Curiosísimo documental impresionista de una fábrica de relojes en una ciudad asiática, donde se emplean exclusivamente mujeres viudas o divorciadas. Documental paralelo de la vida sexual del propietario, un cuarentón soltero y mujeriego.

"Suicida": Se trata de X, asombrosamente —un ex amigo. Está sentado frente a la cámara, mirando a la cámara. Levanta una pistola, se la pone debajo del mentón, dispara. Un desastre. Hay sangre y partículas de seso en el suelo, en la pared. Aparece una mujer (el ama de llaves) y comienza a limpiar la sangre con un trapeador. La cámara gira para enfocar un televisor con videocasete. El ama de llaves enciende el televisor, introduce una cinta y la echa a andar. Aparece X. Está sentado frente a la cámara, y lee apologías del suicidio por distintos autores. Al terminar la lectura, levanta la pistola, que ha mantenido oculta, mira fijamente a la cámara, y todo empieza de nuevo.

"FUEGO": Al principio, los enormes árboles no permiten ver el cielo, pero a medida que el follaje va siendo devorado por las llamas, aparecen dos columnas de humo que se alejan con los restallidos de la madera que arde. La cámara se inclina sobre un manto de cenizas blanco y color plomo que humea aquí y allá entre palos abrasados. Una nieve negra comienza a caer lentamente. En el fondo, un sol polarizado.

"OLAS": Quince minutos exquisitos en negro y blanco. Olas, únicamente olas, sin un centímetro de cielo, barca, orilla, ni siquiera espuma, cien por ciento olas, y el sonido del viento sobre el mar.

Ningún lugar sagrado

Aló. ¿Clínica de la doctora Rivers? Gracias. Sí. Sí, doctora, quisiera ser su paciente. Si lo permite, desde luego. No. Fue la doctora Rosenthal quien me recomendó. Sí, a ella y a su esposo, los conozco desde hace tiempo. Se van a vivir a Florencia un año. Dentro de unos días, creo. Por eso no ha querido aceptarme. Además, entre amigos no conviene, me dijo. He trabajado con él. No, no soy poeta, soy cineasta. Escribo guiones. Bueno, eso es parte del problema. Ya no quiero escribir, pero no sé qué hacer en vez. ¿Poder? Supongo que sí. No, nada de lo que he escrito ha llegado a producirse, pero casi. Alguien me compró una opción. Claro, es mejor que nada. Con un poco más de suerte tal vez. Era una película de acción. Una especie de film noir, pero situado en la selva, en Guatemala. Yo soy de allá. El Petén. Es un lugar maravilloso. ¿Ha estado en la selva? Es algo único. No sabe de lo que le hablo si no ha estado. La vegetación, la vida, la energía por todas partes. Sí, me entusiasmo al hablar de eso. En blanco y negro. Se suponía que yo iba a dirigirla, pero a última hora los inversionistas se echaron atrás. Sí, la inseguridad. Por mala suerte, la productora estaba allí cuando lincharon a una norteamericana. Una fotógrafa. Estaba en un pueblecito, tomando fotos a unos niños. Alguien hizo correr el rumor de que era una ladrona de niños. Usted sabe, ha habido casos. Para casas de adopciones ilegales, o para prostíbulos especializados, y hasta dicen que han sido utilizados para suplir el mercado de órganos. Inconcebible, usted lo ha dicho. Pero eso fue lo que pasó y el proyecto fue a dar al traste. ¿Dinero? Bueno, sí, quiero decir no, no, el dinero no es en realidad ningún problema. Rico, lo que se dice rico, no. ¿Mi padre? Él sí era rico. No, murió hace tiempo. Lo mataron. Es una historia un poco complicada. Hace, vamos a ver, unos veinticinco años. ¿Yo? Treinta. Sí, mi madre volvió a casarse. ¿Mi padrastro? No, se divorciaron. Hace mucho que no lo veo. No, yo vivo solo. Ella sigue en Guatemala. ¿Un contrato verbal? Diga. ¿Sinceridad? Por supuesto, doctora. La semana próxima, está bien. El jueves a las seis. Sí, mucho gusto. Y gracias por aceptarme, doctora.

Un Broto. Pero claro, en español sugiere algo. Algo que brota. Yo broto. ¿Qué? No, es que no sé qué decir. No suelo ser muy hablador, ¿sabe? Mis novias se han quejado siempre de que les hago, las dejo hablar y luego me quedo callado. Que me oculto, dicen, que me da miedo entregarme, que no me gusta la intimidad. Yo no lo veo así, pero en fin. Ahora supongo que se dará vuelta la tortilla. Me pregunto si el idioma no será una barrera. Según la doctora Rosenthal no es un problema. Aparte de mi acento. Yo me harto de oírme a mí mismo hablando en inglés. Si a usted le parece, magnífico. Gracias, muy amable, doctora. Lindo amueblado. Esa alfombra parece marroquí. ¿Verdad? Del Gran Atlas. Es que pasé una temporada en Fez, hace años. Sí, un país encantador, aunque a veces es difícil, usted sabe, el islam. Sí, por supuesto. No. Marruecos está lleno de judíos. Antes los había más. Muchos se fueron a Israel, pero últimamente han regresado, parece que los discriminan. Porque tienen rasgos, costumbres africanas. Comen con las manos y se sientan en el suelo. Absurdo, sí. Racismo. Pero no quiero irme por las ramas, no soy judío ni musulmán. Y hago todo lo posible por no ser muy cristiano. Es difícil, claro. De adolescente era bastante religioso. Me interesaba la mística. Mucho. Hasta soñaba con ser santo. ¿Puede creerlo? Ahora aspiro a ateo. Es irónico. A veces me parece que la santidad, por absurdo que suene, es la única salida. El desprendimiento, la ascética. Huir del mundo. Pero tal vez es imposible huir, y por eso estoy aquí. ¿En el diván? Bueno, por qué no. No, no tengo nada en contra. Qué luz tan agradable hay en este cuarto, doctora. A mí me gusta la iluminación tenue también. ¿Usted misma lo iluminó, o fue un profesional? Usted misma, excelente trabajo. De verdad. Oh, ése es un Twombly. Uno de mis artistas preferidos. Tafraout. Es precioso. Pero sabe, lo divertido es que Twombly nunca estuvo allí. Él mismo me lo dijo. Lo conozco, poco, pero sí, he hablado con él. En una inauguración. Es muy amable. Sí, todo el mundo lo sabe. Estuvo en Marruecos, en el norte, no visitó el sur, es lo que me dijo. No. No. Disculpe. ¿Asociación libre? Desde luego, sé lo que quiere decir, más o menos. Lo intentaré. No, es sólo que no quiero que piense que soy un snob, que me quiero lucir porque conozco a uno que otro artista. No, bueno, sí, a veces me siento un poco snob, pero no me gusta, creo que los verdaderos snobs son verdaderamente estúpidos. Conozco a varios, y me irrita la idea de que podría cojear del mismo pie. Bueno, voy a intentarlo. Disculpe, pero no es tan fácil. Marruecos. A ver. Hachís. Alcazaba. Mohammed. Mediterráneo. Maricón. Pero yo no soy homosexual, doctora. Todo el mundo lo cree, porque he vivido allá, porque tengo varios amigos que lo son. A lo más, con un travestí. Pero no sé, era realmente femenino. Ah, sí, de adolescente, otro chico un año o dos menor que yo me la chupó. Doce. ¿Yo a él? No. Habíamos hecho una apuesta y él perdió. Sí, pero yo estaba seguro de que iba a ganar. Claro, si usted quiere lo engañé, pero así es la vida, ¿no le parece? Luego me arrepentí, desde luego, y no volvió a ocurrir. Ese niño es ahora padre de familia. Tres hijos. Un hombrón. Hace karate. Lleva pistola. Un auténtico macho. En Guatemala. Su mujer es guapísima, además. No creo que ella sepa nada. Yo no fui el único. Creo que le gustaba, pero en fin. Sí. Yo diría que tuve una niñez feliz. Mis padres tenían caballos. Me la pasaba montando todo el día. Al volver del colegio, me iba inmediatamente a las cuadras. Ensillaba yo mismo un caballo, cualquier caballo, y no paraba hasta el anochecer. Si me portaba mal, el castigo era casi siempre prohibirme montar. Me pegaron poco, pero las veces que lo hicieron, fue con el chicote. Una vez mi padre, más de una mi padrastro. Por capearme del colegio. Un colegio de jesuitas. Nos escapamos dos amigos y yo una tarde para ir a un burdel. Es algo que hacíamos casi todos los adolescentes. Trece o catorce años. Pero no fue así como me inicié. Fue un poco más tarde. Con una vecina, una mujer muy hermosa, varios años mayor que yo. Divorciada. Nada insólito. Hasta tenemos un dicho. El vecino con la vecina se hacina. ¿Machista? ¿Y la prima al primo se arrima? Disculpe, doctora, pero para mí fue una bendición. No, jamás me he arrepentido. Al contrario. Todavía lo considero un enorme favor. Tal vez nunca se lo agradecí bastante. Pero creo que ella sabe que me hizo bien. Pero ya le dije que también soñaba con ser santo. Tuve varios momentos de gran devoción. Hablaba con la Virgen, sobre todo. El día en que comencé a tener dudas acerca de nuestra religión, acerca de los dogmas, fui a la capilla del colegio y fíjese qué tontería, me arrodillé frente a la Virgen y le pedí perdón. Perdón porque había dejado de creer en ella. No, ya no creo en nada de eso, ni en ella ni en su hijo ni en Dios. No, al menos no en ningún dios particular. A veces sufro recaídas, y sin darme cuenta me pongo a hablar con alguien, sí, entre comillas. Me resigno, pensando en que así fui educado, así fui hecho, y probablemente así voy a morir, lleno de supersticiones. Pero por encima de todo eso, a veces siento que hay como una fuerza benéfica, o algo, no sé, un espacio, donde todo cabe, donde todo se convierte en bueno. Es un gran alivio, pero no pienso en eso muy a menudo. ¿Al morir? En ese sentido creo lo que mis amigos judíos, que quedaré bien y completamente muerto. Eso es un alivio también. Bueno, doctora, ahora sí me dejé ir, ¿no?

¿Política? Claro que no me importa hablar de política. Aunque de política interna norteamericana no sé absolutamente nada. Mis amigos de aquí creen que hay muy poca diferencia entre los dos partidos, y yo les creo. Según ellos, aquí manda el Pentágono, y a su vez el Pentágono sirve a los intereses de los super ricos. En cuanto a política internacional, eso ya me interesa más. No se vaya a ofender, pero creo que los norteamericanos tienen una asquerosa política exterior. Han hecho, siguen y mientras puedan seguirán haciendo atrocidades. Lo sé, por Guatemala. Ellos, ustedes, han financiado, planeado, supervisado, las famosas matanzas de indios, de estudiantes, de izquierdistas en los últimos treinta años. No sólo han dado las armas, han fundado las escuelas donde han sido formados los dictadores, los especialistas, los asesinos y torturadores que han hecho todas esas barbaridades. Claro que no quiero decir que todos sean igualmente culpables. La prensa los tiene desinformados, es cierto, pero también es cierto que a muy poca gente aquí le interesa lo que ocurre verdaderamente allá. Pero en fin, yo vivo aquí y no odio a los norteamericanos y supongo que soy cómplice en parte. Claro que me excito. Me siento, ya se lo dije, impotente. Culpable. Hipócrita. Hasta el jueves, doctora.

Mi hermana me llamó por teléfono esta mañana. Sí, sólo tengo una. Es suficiente. Viene de visita. Se quedará conmigo. Nos llevamos bien, siempre nos hemos llevado bien. Pero. No sé, me enfadé con ella. No se lo dije, desde luego. Pero me molestó mucho que me llamara así, de pronto, para decirme que viene al otro día. ¿Que si yo tenía planes? No le importa, sólo piensa en sí misma, ése es su mayor defecto, según yo. De todas formas, me alegra que venga, pero me enfadé. Quizá demasiado, aunque pronto se me pasó. No, no tengo planes para mañana. Es viernes, no hace falta hacer planes. Uno sale, ¿no? Ir de copas, al cine, a cenar. No me gusta hacer planes. Bueno, sí, un plan tácito. Ah, doctora, acabo de acordarme. Yo tendría quince años o dieciséis. Con un amigo varios años mayor. Más bien, con mi cuñado, el esposo de mi hermana, planeamos un secuestro. Ahora me parece increíble, sobre todo cuando en ese tiempo, como le he dicho, yo soñaba con la santidad y leía mucha mística. Pero así fue. Había una muchacha que vivía cerca de mi casa. Una familia riquísima. De origen judío. ¿Cómo? Por supuesto que no soy antisemita. Los admiro enormemente. Inventaron nuestra religión, ¿no? Como decía Borges, el cristianismo es la superstición judía más exitosa. Y luego ellos mismos la aniquilaron. ¡Un gran logro! Freud, Wittgenstein, para qué más. De todas formas, esta familia tenía fincas de café, bancos, quién sabe qué más. La chica no era una belleza precisamente, pero a mí me parecía atractiva. Lo planeamos todo, hasta el último detalle. Yo fantaseaba con el asunto. Síndrome de Estocolmo incluido. Al final, el cuñado se asustó y se echó para atrás. Ya habíamos comprado equipo, máscaras. Guantes, teníamos pistolas, pastillas somníferas. Teníamos vista una casa para alquilar en un camino desierto, y hasta compramos una furgoneta, con la que daríamos el golpe. Yo creo que lo habría hecho, si el socio no se raja. Afortunadamente se rajó. Lo divertido, bueno, no divertido, interesante, es que a mi madre la secuestraron unos años más tarde. Sí, y yo no podía evitar sentirme un poco culpable. Karma, me decía a mí mismo. Gracias a Dios todo salió bien. Mi padrastro pagó, y la soltaron y final feliz. De todas formas no fue ningún chiste. Pero no deja de ser interesante, la simetría, ¿no le parece? Fue aquella vecina, la que me inició en el sexo, la que me introdujo en el pensamiento oriental. El budismo, Lao Tse, el I ching y todo eso. A las drogas también. No, tampoco de eso me arrepiento. Yo estaba enamorado de ella, desde luego, locamente. ¿Sabe, doctora?, su voz me recuerda la de ella. No, no se parece. Solamente la voz, igual de baja, ronca. Usted me dijo que lo dijera todo. ¿Mi hermana? Tres años mayor, o cuatro. Siempre se me olvida. Sí, desde pequeño, le tengo bastante admiración. Es activista. El feminismo y la ecología. Sí, hace política, pero no de partido. Tal vez. Claro, es una actividad arriesgada, sobre todo en un país como Guatemala. Sí, se ha firmado la paz, pero no existen garantías. No sé si usted ha seguido las noticias, pero hace poco la revista Newsweek y CNN hablaban de un asesinato ocurrido allá. Mataron a un obispo, un monseñor, que había dirigido un trabajo importantísimo acerca de los últimos años de la guerra. Se llama Recreación de la memoria colectiva, o algo así. Son los testimonios de miles de víctimas, y también de muchos militares y paramilitares, asesinos y verdugos. Un documento muy valioso, extraordinario. La conclusión era que el ejército es responsable por el ochenta por ciento de los asesinatos cometidos en las zonas conflictivas en los últimos veinte años. El documento fue publicado y presentado al público en la propia catedral de la ciudad de Guatemala. Un verdadero acontecimiento. Pero a los dos días, un domingo por la noche, el monseñor fue brutalmente asesinado. Volvía de casa de su hermana, parece, y cuando entraba en su vivienda, en la parroquia de San Sebastián, a pocas calles de la catedral, alguien lo atacó, lo mató a golpes con una piedra o un ladrillo. Le destrozaron el cráneo y la cara, totalmente. No se sabe quién, por supuesto que no. El gobierno dijo que seguramente se trataba de un crimen común, pero nadie lo tomó en serio. La policía guatemalteca comenzó a investigar, característicamente, con suma torpeza. No sólo lavaron la sangre a las pocas horas del crimen y no aislaron el área para recoger huellas, sino que dejaron ir a los únicos testigos, un grupo de indigentes que solían dormir a las puertas de la parroquia, y ahora nadie los encuentra. Dos o tres días después llegaron a Guatemala unos agentes del FBI para colaborar en la investigación. Hasta la fecha no han averiguado nada. Las malas lenguas dicen que llegaron sólo para borrar las huellas que los agentes guatemaltecos pudieron dejar intactas, con el riesgo de que algún investigador privado contratado por Minugua o por el arzobispado o alguna organización no gubernamental las encontrara. Claro que todo el mundo sospecha que detrás de esto debe de haber algún personaje importante, a quien quizá los norteamericanos necesitan proteger. Lo que no está nada claro es el móvil del crimen en sí, cuando ese documento ya existía. Mucha gente piensa que fue una especie de advertencia, para que nadie vaya a creerse eso de que las cosas han cambiado en Guatemala, como para decir, todavía estamos aquí y todavía mandamos. Es posible. Yo sin embargo creo que debe de haber un motivo digamos más puntual. Me preocupa, desde luego. Claro. Ella y un grupo de mujeres publicaron varios artículos de protesta contra el asesinato. Al principio, se limitaron a escribir que no se podía tolerar algo así a estas alturas, que exigían justicia y todo lo demás. Luego comenzaron a decir que era necesario, urgente, abolir el ejército, que estaba comprobado que era una institución criminal, que sin duda los militares tenían algo que ver con este asesinato, directa o indirectamente. Y después, y esto tal vez fue un poco tonto, empezaron a mencionar nombres. Con la premisa de que un crimen de esa categoría sólo pudo ser planeado por alguien muy poderoso, se pusieron a señalar a los personajes que tenían reputación de corruptos y violentos. La lista es larga, pero no tanto. Publicaron una veintena de nombres. Dos o tres ex presidentes, varios coroneles, algunos grandes finqueros, uno que otro industrial, banqueros, y narcos. Una temible colección, las fuerzas vivas y más o menos ocultas del país, que todos saben que son capaces de cualquier cosa pero que nadie había señalado como posibles sospechosos de este asesinato, y, la verdad, la probabilidad de que uno de estos señores estuviera mezclado en el asunto era grande. Por eso me preocupo, doctora. Claro que la podrían matar por algo así. Por menos. A ella o alguien cercano. Sabe, doctora, hay algo en usted que me recuerda a mi hermana. La amenazas no han faltado. Sí. No. Llamadas telefónicas. Es por eso que viene, sin duda. Por eso es que, más allá de una reacción, por la sorpresa, en realidad no me puedo enojar.

Una película. Un docu-drama. Fue tomada en la plaza de un pueblo del altiplano, tal vez era Chajul. En primer plano un hombre armado, con cara de caballo. Atrás hay un grupo de gente, un árbol solitario. La escena recuerda las pinturas negras de Goya. En el suelo, a los pies del hombre, aparece una mujer, gorda, muy fea. Está embarazada. El hombre le da un golpe en la cabeza con la culata de su fusil, y luego le dice a alguien que está fuera de la toma: ahora pegale vos. Esta persona, que permanece invisible, obedece, le da un golpe en la espalda a la mujer con un azadón. Y luego todos comienzan a apalearla. Lúgubre, sí. En ese informe del arzobispado hay relatos de cosas peores. La práctica de obligar a la gente a participar en los linchamientos era cosa común. Echó raíces. Todavía hay linchamientos, en los sitios remotos, casi todos los días. Hay mucho odio, y pobreza, doctora. Claro que es horrible. No, supongo que no. ¿Que por qué? Es que me siento un poco culpable, ya se lo he dicho. Tal vez la llegada de mi hermana me ha hecho recordarlo. Porque ella sí ha hecho, o ha intentado hacer algo, mientras que yo sólo me vine para acá. Le di la espalda a todo eso. ¿Es una razón, no le parece? ¿Pesadillas? Hace tiempo, sí. Cuando acababa de venir. Hace diez años. Un tío, no le había hablado de él, murió quemado. Unos campesinos del Quiché habían tomado la Embajada española como protesta contra el ejército por una serie de matanzas. Mi tío estaba ese día, por mala suerte, en la Embajada. El ejército no pactó. Entraron por la fuerza y mataron a todos los que estaban allí. Sólo el embajador pudo escaparse. A los pocos días de llegar aquí tuve esta pesadilla. Tenía poco dinero. Vivía a solas en un loft, una nave, y pasaba un poco de hambre. Pues soñé que lo único que tenía para comer era... me da pena decirlo. Bueno, era el pene de mi tío, asado, quemado, como un chorizo. Lo probé, y me desperté inmediatamente, con una náusea horrible. Sí. Asco y miedo, pero un miedo como abstracto ante ese sueño inexplicable, incomprensible, doctora. Creo que nunca había hablado de esto con nadie. No sé si me siento mejor. Eso fue hace tiempo. Creo que a la doctora Rosenthal no se lo habría contado. Está bien, no hablemos de ella. Disculpe de nuevo. ¿De qué otra cosa le puedo hablar? No, no pasa nada. Es sólo que tengo la mente en blanco. ¿Rechazado? Tal vez. No, ya pasó. Pero no sé qué más decirle.

Sí, he sentido algo parecido en otras ocasiones, desde luego. La otra noche tuve un sueño. Lo había olvidado. Soñé que tenía relaciones sexuales con una lagartija. Sí, bueno. Era femenina, seguro. No sé por qué, yo estaba prisionero. Lo curioso es que la prisión era un avión de dos motores. La lagartija, yo lo sabía, era sumamente ponzoñosa, y al principio le tenía muchísimo miedo. Me mordió un dedo, pero sin llegar a herirme, sólo para inmovilizarme. Yo estaba echado en una litera, listo para dormir. Ella enroscó su cola, que de pronto se había hecho muy larga, alrededor de mis genitales. Me causaba mucho placer. Se estableció una como telepatía entre nosotros. Una sensación de bienestar. Ahora estaba en un llano, todo era verde. Verde hierba. ¿Mi hermana? No. Ella durmió en la sala, en un sofá-cama. Como le dije el otro día, la han amenazado. No. Se separó de él hace tiempo. No volvió a casarse, pero vivió con otro hombre varios años. Ahora vive sola. Tiene dos hijas, de quince y dieciséis. Las dejó con el padre, que es biólogo. En Belice. Allí no corren peligro. ¿Aquí? Sí, conoce a alguna gente. Exiliados. Ella cree que fue el ejército. Por venganza. ¿Yo? No sé. Es posible. Pero no creo que haya sido un gesto de la institución. El de unos cuantos, o de uno solo, ¿por qué no? Hay, por ejemplo, un general que fue presidente por golpe de Estado durante los años más difíciles. Quisiera ser presidente una vez más. Aunque parezca increíble, todavía es bastante popular, en la capital por lo menos. Las matanzas ocurrieron en el interior, en los sitios más apartados. Las elecciones se deciden en la capital. Los campesinos no votan, o muy poco. De todas formas, el famoso informe pinta bastante mal a este señor. Me parece un buen candidato para sospechoso. Como hipótesis, eso es. Hay otro, ya retirado, que tuvo fama de muy sanguinario. Lo apodaban el Lobo. Dicen que estando en el poder se aficionó al arte maya. Al jade en particular. Y se dice que posee una de las colecciones privadas más importantes del mundo. Se apropió de mucha tierra, además, y parece que su nombre aparece en el informe varias veces. Nadie lo ha relacionado con el asesinato del monseñor, pero yo no veo por qué no. Claro, un supuesto. Es curioso, hace unos años se convirtió al hinduismo. Es discípulo de Sri Baba, nada menos. Un periodista ocurrente escribió que eso era un anacronismo, que su gurú debió de ser Ali Baba. No, se lo juro, doctora. Va a la India todos los años, pasa allá varios meses. Ha fundado el primer ashram de Sri Baba en Guatemala, y es su representante espiritual. ¿No me cree? Puedo jurárselo. Ah, me alegra que me crea. Da que pensar, ¿no? Acerca de Sri Baba. Supongo que como padre espiritual está obligado a aceptar a todo el mundo. De todas formas, me pregunto si conocerá la historia de este general, el Lobo. Así le dicen todavía los que se acuerdan de él. ¿La ex guerrilla? Sería absurdo. En fin, la política, usted lo sabe, no es mi fuerte, doctora. Pero las cosas parecen bastantes claras. Bueno, claras no es la palabra, tiene razón. ¿Yo? Pero qué podría hacer. Esos guiones en los que he trabajado intentaban presentar al público estas cosas, la situación de mi país. Pero a nadie le interesa producir películas así. No tienen un final feliz. Según yo, tienen, en cambio, algo de suspense, y creía que por eso podrían enganchar a alguien. Pero no. Demasiado deprimentes, me dicen, demasiado sombrías.

¿Doctora? Sí, ya sé que es sábado, perdone que la llame. Ah, me alegro. Mal, doctora, muy mal. Es mi hermana, ha desaparecido. No sé qué pensar. No vino a dormir anoche. ¿Cómo? Sí. No, no estoy en casa, la llamo desde mi móvil, mi celular. ¿De veras? Estoy bastante cerca, sí. Voy para allá. Gracias, doctora.

Sí, apenas he dormido. Gracias, sí, hoy prefiero el diván. Ah, como siempre, me siento mejor estando aquí. No es sólo la luz, doctora. Usted no sabe por lo que he pasado. No sé qué hacer. Acabo de llamar de nuevo a casa, no ha llegado. Me estoy volviendo loco, doctora. Toda clase de cosas, por supuesto. ¿La policía? No, todavía no. Es que puede ser que simplemente se haya ido de juerga, no sería la primera vez. Si es así, voy a estrangularla. Pudo avisarme, ¿no? Quedamos en vernos en casa para ir a cenar. Me dejó una nota, que llegaría un poco tarde. Estuve esperándola hasta las diez, y entonces pensé, al diablo, y salí a cenar solo. Estaba enfadadísimo, desde luego. Tenía la intención de echarla del apartamento cuando apareciera, por desconsiderada. No sólo se deja venir prácticamente sin avisar, sino que ahora me trata como calcetín. Pues no. La cosa es que, pensando tal vez en vengarme, después de comer decidí irme de copas. Llevaba toda la intención de levantarme a alguien, por desahogo. Sí, he tenido mis épocas promiscuas. Pero hacía tiempo que no tenía un encuentro casual. Me fui a un bar de mala muerte que conozco. Pocas veces falla. Una peluquera. Guapísima. Del bar nos fuimos a CBGB's, al sótano, sabe, donde tocan salsa. No sabía bailar muy bien, pero tenía ritmo. Lo pasamos bomba, aunque a cada rato yo me acordaba de mi hermana. De todas formas, uno diría que con eso del sida y la hepatitis B la gente iba a controlarse. Qué va. Como una moto, la muchacha. Joven, sí, veintitrés. Me llevó a su casa, y a pesar de la preocupación por mi hermana y todo nos fue bien. Quedamos en volver a vernos, aunque no sé. Por muy guapa que fuera, no era lo que se dice lista. Un poco aburrida. Muy tierna, eso sí. Ya veremos si la llamo. No tiene mi número, de todas maneras. Como dicen, si no eres casto, sé cauto. Un jesuita. Gracián. Gracioso, ¿verdad? ¿Gore Vidal? Tal vez, pero el cura lo dijo antes. Siglo XVII. Regresé a casa al amanecer, y ni señas de mi hermana. Me entró el pánico, doctora. Me acosté en la cama, tratando de calmarme, y me entró la sudadera. Me imaginaba lo peor. Que habían mandado unos matones detrás de ella. Delirante. Hasta de usted dudé. Que podía ser una confidente. Desde luego que no. Sí, por favor. Sin leche, una cucharadita, gracias. ¿Los hospitales? No, tampoco he llamado. Buena idea. Antonia. El mismo apellido que yo. Gracias. ¿Nada? Es buena señal. Claro. No, a ver, voy a llamar de nuevo a casa. ¡Antonia! ¿Dónde rejodidos estabas? Qué. ¿En Queens? ¿Por qué no me llamaste? Ya, qué lista. Por supuesto que no estoy en la lista de teléfonos. Ya, ya. Me estaba volviendo loco, ¿no te das cuenta? Ahora voy para allá. Claro que tengo ganas de darte una pateada. No te muevas de allí, ¿ok? ¿Qué le parece, doctora? La podría matar.

¿Bueno? Ah, doctora. Sí, todo bien. No, no. Un momento, por favor, que voy a cambiar de teléfono. Aló. Sí, ahora le oigo mejor. No, está durmiendo la mona. La goma. La resaca. El guayabo. Sí, de juerga, con sus amigos. Compatriotas, y otros de El Salvador. Terminaron en Queens y cuando se le ocurrió llamarme había perdido el papelito donde tenía apuntado mi teléfono. Tiene pésima memoria, para los números por lo menos. Y yo no estoy en la guía telefónica. Hace tiempo que no estoy. Desde que escribo guiones me entró la paranoia. Hablo mal de mucha gente. No quería ponérselo tan fácil, si me querían encontrar. De mucha gente. No, no me he metido con los norteamericanos. Pero hasta Ron, usted sabe, el esposo de la doctora Rosenthal, con quien he colaborado, tenía algo de miedo. No. ¿Los amigos de mi hermana? No los conozco muy bien. Uno es arqueólogo forense. Trabajó en ese informe del arzobispado que dirigía el cura que asesinaron. Desde luego, se asustó, y se vino para acá. ¿Los otros? Otro es salvadoreño, locutor de radio. Hay otro, cubano, que es músico. Nueva trova. Un poco de protesta, sí. No lo sé. Claro que es posible que estén metidos en política. ¿Política norteamericana? No lo creo, pero puedo preguntar. ¿Que cómo me siento acerca de eso? Cada cual debe hacer lo que cree que debe hacer. En eso apoyo a mi hermana, ya se lo dije. Ya sé que es peligroso, pero es una razón válida para existir. ¿Miedo? Estamos acostumbrados al miedo. Normal, tal vez no. ¿Adictos? Claro que no me gusta sentir miedo. Pero hay cosas... No sé, es lo que me dijo un día la doctora Rosenthal, y me disgusté. Que yo era sanguinario. Bloodthirsty. Se refería a una escena del guión que escribimos con Ron. Era la muerte de la protagonista principal. La asesinan un ex militar y un especialista, un mercenario. Van a echar el cuerpo al fondo de un río. Para evitar que flote a los pocos días, tienen que abrirle la barriga y extraerle las vísceras. Le rellenan el vientre con pesos de buceo. Es, más o menos, la práctica normal en esos casos. Yo quería mostrar eso en toda su fealdad. Tal vez no era necesario mostrarlo en primer plano, pero los asesinos hacen la reflexión de que esta clase de trabajo sucio que, antes de la firma de la paz, solían confiar a subalternos y que ahora tenían que hacer ellos mismos, podría ser motivo para cambiar de modo de vida, más que los credos o las ideologías. ¿Sadismo? Usted es la especialista, doctora. ¿Enfadado? No, pero sabe, no me gusta mucho hablar por teléfono. Sí, perdone. Hasta el lunes, doctora.

Bueno, sí, doctora, me enfadé un poquito, para qué negarlo. A nadie, supongo, le gusta que le digan que es un sádico. Por lo menos a mí me pareció un insulto, sobre todo viniendo de usted. No le colgué, doctora. Me disculpo, si hace falta. ¿Síntoma? Espero que no. No es la imagen que tenía de mí mismo. ¿Callado? No estoy enfadado, se lo juro. Sólo un poco triste, tal vez. Me entró de repente una especie de cansancio. Abatido, sí. Puede ser el tiempo. El cielo encapotado. A veces me gusta, no crea. Me pongo en el diván, verdad. Sí, como siempre. Este rincón de su despacho me encanta. Si usted se sentara en esa silla sería aún mejor. Prefiero verla cuando le hablo. Sí. Ya me siento un poco mejor. ¿Mi madre? Qué. No, no se parece a mi hermana. Totalmente opuestas. Sólo en una cosa, ahora que lo pienso. Por ejemplo, mi madre es una persona sumamente ordenada, en su persona, en sus hábitos, sus cosas. Su casa siempre estuvo nítida, impecable. Mi hermana es caótica. Mi madre es bastante religiosa, católica. Mi hermana es irreverente, no atea, pero pagana. Cree o finge que cree en la Diosa Madre y cosas así. Ahora bien, las dos son mujeres fuertes. Y valerosas. En esto sí que se parecen, nunca he visto que se dejaran amedrentar. Ah, ya. Usted quiere decir mi vecina. No, nada que ver. Desde luego, ella también tiene una personalidad fuerte. Rebelde. Pero es otra cosa. Tiene un grave defecto que no tienen ni mi madre ni mi hermana. Es increíblemente vanidosa. Se hizo cirugía plástica, a los cincuenta. La nariz. La tenía aguileña, pero le iba muy bien. Se la puso respingada. Ella dice que le gusta cómo quedó. Desde entonces casi no la veo. Para mí que se arruinó la cara. ¿Qué? ¿Cruel? Tal vez soy cruel. ¿Es también eso, ser cruel, una enfermedad? ¿Y se puede curar? ¿Mi padre? Yo tenía cinco años. Sí, algo. Usted no me lo había preguntado. La verdad, no estoy seguro si es en realidad un recuerdo de lo que ocurrió, o de lo que he oído contar a mi madre y a mi herma-na. Dos hombres se metieron en la casa una madrugada. Era una casa de dos pisos, moderna, con muchas plantas y grandes ventanales. Yo dormía solo, en el segundo piso, en un cuarto al lado del de mi hermana, y el cuarto de mis padres quedaba en el otro extremo de un corredor. Abajo estaba la sala. Supongo que me desperté con los disparos, y salí a ver. Vi a mi madre que corría escaleras abajo, me-dio desnuda, poniéndose la bata. Iba gritando, como loca. Entonces vi a mi padre, tendido en el suelo de la sala, con el pecho del pijama ensangrentado. Es posible que lo vie-ra en realidad. Mi madre se le tiró encima, lo abrazó. Creo que ya estaba muerto. Mi madre miró para arriba, me vio. Le gritó a mi hermana, que estaba a mi lado, mirando la escena por encima de la barandilla: ¡Llévate al niño, que no lo vea! Mi hermana me llevó a rastras hasta mi cuarto y me encerró. No, no recuerdo nada más. ¿Culpa? ¿Por qué me iba a sentir culpable? Ya, desde luego. Pero yo nunca lo vi de esa manera. Por favor, explíquemelo. Ya. Ajá. Maravilloso. Usted cree de verdad que en el fondo yo me alegré con su muerte. ¿Por la manera como se lo con-té? Edipo, ya veo. O sea que según usted si no hubieran asesinado a mi padre cuando yo era tan pequeño, proba-blemente habría sido homosexual, ¿no? ¿No? Ah, es un alivio. Comprendo. De todas formas, prefiero que no sea así. ¡Ah! Por eso siento culpa. Ok. Claro, del mal, el menos. ¿A mi hermana? ¿Por qué iba a echarle la culpa a mi her-mana? Vaya, qué complicado. No, es interesante. Así que estoy "enamorado" de mi hermana. Me divierte ese gesto, tan norteamericano, de dibujar las comillas con los dedos, como acaba de hacer. Estoy o estuve enamorado entre comillas, primero de mi madre y luego de mi hermana. Una mejora, ¿no? Y me siento culpable en relación con mi hermana porque arruiné, como usted dice, su matrimonio, conjurándome con su esposo, mi cuñado. Ése era el verdadero objeto de ese plan, no el secuestro en sí, que nunca pensamos en realizar. Interesantísimo, doctora. Genial. Y todo eso por obra del subconsciente. ¿Mi relación con el poder? Bueno, la autoridad. Ya, doctora, pero si el poder, el poder político en este caso, la autoridad en Guatemala, es una representación del Padre con mayúscula, ¡desde luego que hay que matar al padre! Sí, yo mismo se lo he dicho, creo que más de un vez, me siento un poco cómplice. Ah, le he dejado el papel de mata-padres a mi hermana. Comprendo. No, sólo un poco tirado por los pelos. Razonando así, yo a usted la situaría del lado del poder. Rivers, River's, Del Río. Es el nombre de uno de esos generales de los que le hablé. El golpista. Un fanático, un loco. Demasiado cómodo. Como para libro, ¿no? Dejémoslo ahí. Claro que voy a reflexionar. Desde luego que no quiero interrumpir el análisis, doctora. Con usted, por Dios. No, en serio. Sí. Hasta pasado mañana, doctora.

¿Aló? Doctora, sí, soy yo. Mal, pero mal. Gracias. Por eso la llamo. Si tiene un poco de tiempo, sí, me gustaría hablar. No lo va a creer. Una catástrofe. Y no crea que deliro. Sí, parte por parte. Sabe, ayer, al salir de su despacho, yo venía a casa pensando en lo que usted había dicho, reflexionando, y me pareció que tenía usted razón. Me reprochaba por no tener las luces para reconocerlo de inmediato, y por haberme mostrado irritable. Después de todo, si uno es como es, no tiene otro remedio que reconocerlo, y tratar de cambiar, aunque parezca imposible. Usted me ha hecho verlo así. Pero prosigo, ya verá lo que ha pasado. Llego a casa de lo más tranquilo, con ganas de conversar largamente con mi hermana. El principio de, como diría la doctora Rosenthal, un sentimiento oceánico. Pero no hubo nada de eso. Resulta que la encuentro en casa, pero acompañada. El chico salvadoreño, ese que trabaja en la radio. Tiene mi edad, más o menos. Estaban sentados en el sofá-cama, agarraditos de la mano. Me dio una rabia... Pensé: Contrólate, muchacho, esto es un ataque de celos. Vi rojo. Pero me quedé callado. Hubiera querido echarlos a la calle. Pero el Guanaco se puso de pie. Así les decimos en Guatemala a los salvadoreños. Ése es su apodo. Salud, mi hermano, me dijo. Me controlé, nos dimos un apretón de manos, nos sentamos. Noté con extrañeza que nos parecíamos un poco. Raro, sí. Mientras tanto, yo no podía dejar de pensar en usted, en sus palabras, doctora. Yo estaba enamorado de mi hermana. Ella estaba pálida, asustada. Le pregunté qué pasaba, y el Guanaco dijo que tenían un problema, que si no él no estaría allí. Que no le gustaba entrometerse, que se había permitido entrar en mi casa en mi ausencia con mi hermana sólo porque tenía que cuidarla. Por qué, le pregunté. Nos tienen amenazados, dijo, a todo el grupo. ¿Grupo?, dije yo. Sí.

Habían formado un grupo. Resistencia pacífica. Exigían
la investigación de varios crímenes cometidos muy recien-
temente, relacionados con el asesinato del monseñor que le
conté. Otros asesinatos. ¿Quién los amenazaba? No estaban seguros. Habían señalado a tanta gente que era difícil
saber quién se daba por entendido. Llamadas telefónicas.
Y por lo visto alguien estaba siguiendo a mi hermana. Era
un guatemalteco, me explicó el Guanaco. Un tipo oriental.
Del oriente de Guatemala. Tienen fama de violentos. Casi
todos los guardaespaldas de la gente rica son de allí. Jutiapa o Zacapa. El Guanaco me aseguró que lo había visto
rondando por ahí. Inconfundible, me dijo, ni que llevaran
uniforme. El típico traje azul oscuro, la corbatita, los zapatos negros y los calcetines claros. Pelo corto y bigotito
mexicano. Los reconoces en medio de cualquier multitud,
dijo. Uno diría que al venir aquí perderían el color, pero
no hay tales. Yo también corría peligro, por un tiempo,
dijo. Que anduviera con cuidado. A mi hermana iban a
protegerla, que no tuviera pena. Estaban bien organiza-
dos. Mañana nos la llevamos a Chicago, me aseguró. Allá
tenían apoyo. Chicago está lleno de centroamericanos.
Allá no era tan fácil perseguirlos. Pero aquí en Nueva
York no tenían suficiente gente, todavía. De todas formas, dijo, no había que alarmarse. Él se marchaba, dijo
el Guanaco. Que miráramos bien antes de abrir la puerta
a nadie. Que filtráramos las llamadas con el contestador.
Se despidió, con un beso en la boca para mi hermana. Pero
para entonces la historia de mi enamoramiento me parecía remotísima y no me molestó. Llegaría a recogerla de

madrugada. Mi hermana y yo nos quedamos conversando. Pero no hicimos más que repetir que parecía increíble que aun aquí pudiera pasar algo como esto, que todo parecía irreal. Mi hermana estaba asustada, pero estaba decidida a irse a Chicago y pelear. Esa palabra usó, pelear. Contra estos trogloditas que nos amenazan. Le pregunté si no era un poco infantil pensar así a estas alturas, que ella no estaba preparada para nada así, pero su respuesta fue quedarse callada. Ya estaba decidida y no había discusión. Le dije que tal vez tenía razón. Tal vez yo también debía hacer algo. Claro, me dijo, usted podría hacer algo. Le dije que escribir un guión acerca de todo aquello sería inútil. No lo sabrá hasta no intentarlo, replicó. Me quedé pensando. Uno nunca sabe, con estas cosas. Todo es cuestión de aprovechar el buen momento. En fin, yo comenzaba a fantasear con escribir un guión, cuando alguien llamó a la puerta. ¿Cree que estoy delirando? No. ¿No? No. Entonces continúo. ¿Cómo? Ah, comprendo. No, de verdad. ¿Tranquilo? No, claro que no estoy tranquilo, pero no tenga pena. Gracias, doctora. Sí, era para mañana a las cinco. Claro que prefiero ir hoy. No, no se preocupe. Se lo agradezco. Allí estaré. Dentro de dos horas, entonces.

Como ve, doctora. ¿Pálido? Sí, estoy sudando. Me vienen siguiendo, doctora. Se lo juro. No, no es el tipo de ayer. Es otro, pero la misma clase de persona. A ver, con permiso, doctora. ¿Puedo acercarme a la ventana? No, quiero ver algo. Ah, mire. Allí está. Ése, el de traje azul marino, sí, en la acera de enfrente. Con anteojos oscuros. Mire, ahora va a cruzar la calle. Claro que cuesta ver desde aquí, son nueve pisos, pero estoy seguro de que es él. ¿No tiene unos gemelos? Lástima. ¿La cara? No, no se la vi bien. Pero tiene bigote, como su colega. Usted no me cree, doctora. Pero ya verá, me está acechando. Me vine corriendo, prácticamente. Tomé dos taxis, y ni siquiera así lo perdí. No se va a mover de allí, ya lo verá. Bueno, supongo que aquí dentro estoy seguro. Gracias, un té está bien. En el diván, en el diván. Sí, estoy un poco mejor. Ya sé que cree que deliro, y es posible que delire, pero lo de ese tipo no es paranoia, doctora. Ya lo verá. A ver, en qué estábamos. Ah, sí, alguien llamó a la puerta. Por supuesto, era el oreja. Según mi hermana, me habían confundido con el Guanaco. Nos parecemos un poco, como le conté. Mismo tipo, misma estatura. Entonces habrán pensado que mi hermana estaba sola. No, no abrimos, desde luego que no. Al rato sonó el teléfono. Dejamos que la máquina contestara, como aconsejó el Guanaco, pero nada, colgaron. La segunda vez que llamaron casi contesto. No sé por qué se me metió que podría ser usted. Lo cierto es que nadie habló. Así tres o cuatro veces. Cenamos mi hermana y yo, y otra vez llamaron a la puerta, el mismo tipo. Yo estaba más nervioso que mi hermana. Que no pasaría nada, me repetía. Ella estaba preocupada por mí más que por otra cosa. Porque al día siguiente ella se iba a Chicago y en cambio yo me quedaría aquí. Me preguntó que por qué no me iba con ella. No, le dije, de ninguna manera. Intentó convencerme. Pero qué podría hacer yo en Chicago. Ya se lo dije, no me interesa tanto la política, y detesto las agrupaciones. No, mi vida está aquí, doctora. Ya me fui de Guatemala. Sí, una especie de huida. No voy a huir de Nueva York. En fin, al llegar a este punto, yo sintiéndome hasta un poco heroico por haber conseguido preocupar a mi hermana, con esa tranquilidad que viene con la resignación, nos acostamos a dormir. Lo curioso es que tuve un sueño. Con usted. Estábamos aquí, en su despacho, sólo que era un lugar mucho más amplio. Había mucha gente. La doctora Rosenthal y Ron estaban también. Era una fiesta. Yo estaba en el diván, que a ratos era una cama tamaño real y a ratos se convertía en un banco. Placer y dinero, ¡no lo había pensado! Usted, aunque no era usted, me felicitaba. Yo no sabía por qué. Me explicó entonces que la fiesta era para celebrar que una famosa productora estaba realizando nuestro guión. Había un periodista que insistía en ver el manuscrito. ¿No se lo podía enseñar? ¡El manuscrito!, exclamé yo. Me entró una angustia de estudiante, sabe, como en esos sueños de exámenes finales. Y de pronto digo: Sí, aquí lo tengo, doctora. Y me abro la gabardina, una Macintosh negra. Estoy desnudo, debajo de la gabardina, pero mi piel está toda cubierta de palabras escritas como con tinta roja. ¿Autografismo? Y sabe, doctora, he sufrido de dermografismo. De todas formas, el periodista me dispara una foto con el flash, y entonces me despierto. Y es que mi hermana había entrado en mi cuarto y encendido la luz. Con el dedo en los labios, se acercó a mi cama. Se inclinó sobre mí para decirme al oído. ¡Ahí está! ¡El hombre ese, se metió por una ventana! Se había introducido por la ventanilla de una especie de armario que estaba entre el baño y la cocina. Ella había oído ruidos, se levantó y fue al cuarto de baño. Sin encender la luz, se asomó a la ventana. Así vio al hombre, que se estaba metiendo por la ventanilla del armario. La cosa es que ese armario está siempre con llave, o sea que el tipo estaba atrapado. Era cuestión de cerrar por fuera esa ventanilla, que tiene rejas de hierro, y ya. Yo estaba asustadísimo, claro. Y medio dormido además. Confusión total. Pero en un momento así uno hace de tripas corazón. Me vestí, porque ahora que comienza el calor duermo desnudo, y armado con un martillo sigo a mi hermana hasta el baño. En efecto, había ruido en el armario. El infeliz estaría cayendo en la cuenta de que estaba atrapado. ¡Rápido!, me dice mi hermana. Yo me apresuré a abrir la ventana del baño para sacar la cabeza, y cabal, ahí está el otro, a punto de salir. Me mira, lo miro. Él sigue saliendo, pero con dificultad. Yo, paralizado. ¿Qué pasa?, me pregunta mi hermana, que está detrás de mí y no puede ver nada. Allí está, se está saliendo. ¡Pues no lo deje!, me grita ella. ¡No sea imbécil —sí, doctora, así me dijo—, déle con el martillo! Y yo, automáticamente, le obedecí. Le pegué con el martillo en la cabeza. No había otro lugar. En la frente. Sonó muy feo. Le quedó como un hoyo. Pero no se desmayó. Siguió tratando de salirse. Gemía. Le di otro, esta vez creo que en la sien, y ahí sí se quedó quieto. Saqué un brazo y le di un empujón para que cayera dentro y después cerré la reja y la aseguré con un par de martillazos. Bueno, le dije a mi hermana, lo hemos logrado. De allí no se puede salir. Claro que pensamos en llamar a la policía, pero mi hermana decidió que no convenía. Sería complicar las cosas. El tipo estaba vivo, le oíamos dar de gemidos. La idea era consultar con el Guanaco. Tal vez podían sacarle información. Quién lo había contratado y todo eso. Yo no podía pensar con claridad. Eran las tres de la mañana y el Guanaco había quedado en pasar por mi hermana a las cuatro, para tomar el avión de las seis. De modo que decidimos esperar. No volvimos a dormirnos, desde luego. Por absurdo que parezca, yo no podía pensar en otra cosa que en venir a contarle todo esto, como si todo me pareciera tan irreal que sólo con su ayuda podría darle algún sentido. En fin, esa hora pasó muy despacio. El tipo dejó de gemir, y pensé que había muerto. Pero no. Llegó el Guanaco. Le contamos la historia, y él de lo más tranquilo, como si fuera la cosa más natural. Lo mejor, dijo, sería avisar a la policía. Que sólo esperara a que ellos se fueran y llamara. Que les dijera que se trataba de un simple ladrón. A un tipo como ése era imposible sacarle información, dijo el Guanaco, en primer lugar porque probablemente no sabía nada de nada. Había sido contratado por un sub-subagente, y de todas formas, si sabía algo, probablemente lo callaría. Ellos saben que si hablan condenan a muerte a toda su familia. La de éste debía de estar todavía en Guatemala. Esas matanzas misteriosas donde dos o tres hombres armados asesinan a una familia entera, con todo y ancianos y niños, bebés y perros, como las que salen a menudo en los periódicos latinoamericanos hoy en día, son casi siempre debidas a venganzas de este tipo, nos explicó el Guanaco. Le dijo a mi hermana que recogiera sus cosas, que tenían que apurarse, y a mí me aconsejó que me mudara de apartamento cuanto antes, porque posiblemente al oreja lo iban a soltar bastante pronto y lo más seguro era que la cosa no terminara ahí. Cómo no, llamé a la policía, y llegaron inmediatamente. El tipo estaba vivo, pero inconsciente. Los policías llamaron una ambulancia y se fueron. Bien hecho, hombre, me dijo uno de ellos al salir. Sí. No salí del apartamento hasta venirme para acá. Claro, doctora. Con su permiso. Mire, sigue allí. El tipo ese. Venga a ver. Claro que es el mismo. Pero doctora, ¿por qué no me cree? Mírelo, tiene un móvil. Sí, ése. Está llamando a alguien. ¡Mire! Miró para acá. No pudo vernos, ¿verdad? No, por el polarizado. Es curioso, tiene, me pareció, la cara del Guanaco. Claro. No puede ser. Pura imaginación. Sí, ya. ¿El pulso? Doctora, es la primera vez que me lo toma. ¿Cómo está? No es para menos. No me cree todavía, verdad. Sí, me están sudando las manos. ¡Pero no me engaño! ¿Cómo podría probárselo? Que ese hombre me siguió hasta aquí. Ya lleva allí casi una hora. ¿Otro paciente? Comprendo. ¿Hoy mismo? Como usted diga, doctora. No, no tengo nada que hacer. No tengo que ir a ningún sitio. De hecho, no quiero ir a ningún sitio. Sí, supongo que mi casa podría estar vigilada. Ah, ya tocan. Debe de ser su paciente. ¿Puedo quedarme un rato en la sala de espera, doctora? No quiero salir mientras ese tipo siga allí. Muchas gracias. ¿Qué? Para qué son esas llaves. ¿Su casa? Ah, comprendo. Pero no quiero importunarla. Ya, no, sí, se lo agradezco. Infinitamente, de verdad, doctora. No sabía que vivía aquí mismo. El piso diecisiete. Ok. Pues gracias a Dios por su amistad con la doctora Rosenthal. Supongo que sin eso no haría algo así, no podría, quiero decir, si se tratara de cualquier paciente. ¿No? ¿De veras? Me halaga mucho, doctora. Es usted un ángel, realmente. Pierda cuidado. Nos vemos dentro de unas horas. La llave pequeña para el ascensor, la grande para su apartamento. Gracias de nuevo. ¿Hambre? Ahora mismo no. De acuerdo. Muy amable. Hasta lueguito, doctora.

Hola. Trabajó hasta tarde hoy, ¿eh? ¿Yo? Muy bien. Aquí, como ve. Escribiendo un poco. Me tomé la libertad con este bloque de papel. Sí, es verdad, he escrito bastante, para un par de horas. ¿Cuántas? Cinco. Veinte folios, no es poco, no. Me temo que no, doctora, está en español. Siempre escribo en español. Es un monólogo. No, es la primera vez que experimento con esta forma. Todo el mundo lo ha hecho, desde luego. En mi caso, es por influjo de un amigo. Un escritor salvadoreño, tal vez lo conoce. Castellanos Moya. No lo conoce. Bueno, seguramente algún día. Ocurre en Nueva York. Si algún día alguien lo traduce, desde luego. Pero espere sentada, doctora. ¿Cenar? Sí, muchas gracias. ¿Aquí? No, por supuesto que no tengo inconveniente. ¿El que me sigue? No, desde aquí no se puede ver, esta ventana da a otra calle. Sí, por favor. Como usted diga. No, no, ya estaba terminando, sólo pongo el punto final. Ya está. ¿Qué? ¿De veras lo cree? Sí, después de todo ésa era mi queja, que no quería escribir. Y mire esto. Graforragia, sí. Usted manda, doctora. Bueno, ¿qué trato? Y cómo quiere que le diga. De acuerdo, ya no la llamaré doctora. ¿Cocinar? De vez en cuando. Claro que puedo picar ajo. Sólo dígame dónde está. Mientras usted se ducha, claro. Qué cabezota de ajo. Hermoso. Dos dientes, no, no creo que sea demasiado. Lo más finito, muy bien. Qué carne es ésa. ¿Venado? ¿Dónde lo consiguió? Ah, de Vermont. ¿Su novio es cazador, doctora? Lo siento, es la costumbre. Ya veo, por deporte. ¿Vendrá a cenar? ¿No? ¿Cómo que se disculpó? Entonces se disculpa a menudo. No comprendo. Ya, claro. Así es Wall Street. Sobre todo ahora con lo del eurodólar, lo puedo imaginar. ¿Y entonces usted vive en este gran apartamento sola? Sí, dúchese que yo me encargo de esto. No, adelante, doctora. Ah... perdón.

¿Al horno o a la parrilla? De acuerdo. Vino tinto, ¿no? Un rioja, me encanta. Sí, mejor lo abro ahora mismo, así respira un poco. El venado abunda en esas partes, es cierto. Superpoblación. Casi una plaga. Tiene razón, tampoco es una hazaña. Pero debe de ser emocionante, matar uno. ¿Una cobardía? Tal vez. Yo desde luego que no tengo vocación de cazador. Por supuesto que estoy preocupado. Pero no es a mí a quien buscan realmente. Ya se cansarán. Supongo que vigilarán mi apartamento un par de días. No creo que sean tan pacientes. Ya lo veremos. Pero desde luego, tengo que cuidarme. No sabe cuánto, aunque ya se lo dije, cuánto le agradezco el gesto. Delicioso este venado. Tierno. Sí. ¿No le gusta esa parte? ¿La quijada? Comprendo. Yo creo que paso también. Sí, nos acabamos la botella. Frambuesas, qué rico. Sí, claro. Con unas gotas de vino y una pizca de azúcar. Por qué no. A ver, yo la abro. ¿Una postal? ¿Y cómo están? Qué envidia, verdad. Es preciosa Florencia. Un poco artificial, para mi gusto. Tantos estudiantes. Pero en fin, para un año no está mal. Ah, sí. Yo preferiría ir a Venecia. Pero sobre todo a Nápoles. Sueño con pasar allá una temporada. Un día de estos me voy, doc... mujer, quiero, cough, cough. Perdón, me atraganté. ¿Que si la llevo? ¡Por supuesto! ¿Cuándo? Ah, me está tomando el pelo. ¿Por qué Nápoles? Dicen que es muy alegre. Mucha música. Claro que me gusta la música. Prácticamente toda. ¿Bailar? De vez en cuando. ¿Ahora? Si usted quiere. ¿Tango? Eso es un poco complicado. Usted dirá. Voy a intentarlo. No sabía que hablara español. ¿Por qué no me lo dijo antes? ¿Cómo que mejor así? Oh. ¿De tú? Muy bien. Le, te, creo. Le, te. Lete, sí. El río. El olvido. Todos vamos a beber de él. No será fácil acostumbrarse a dejar de ser tu paciente. Comencemos por un bolero. Hace años que no bailo tango. Así entramos en calor. ¿Dónde aprendiste? Qué bien. No, perfectamente. A ver. Sí, son Los Panchos. Romantiquísimo. No, no tengas pena, ni lo sentí. ¿El otro lado? Como quieras. De acuerdo, descansemos un rato. ¿Un cognac? Por qué no. ¿Esa canción? Te quiero dijiste, de Xiomara Alfaro. Te las sabes todas. Sí, hace calor. Un poco. ¿Puedo darte un beso? Ummm. Qué dijiste. Me derrito. La expresión es justa, si las hay. Sentimiento oceánico. ¿Otra mejor? ¡Hemorragia libidinal! Inmejorable. Ésa es la doctora en ti. ¿Dije algo malo? ¿No? ¿Ya no quieres bailar? Qué pasa. Claro que no. No. Espero que así sea. Que sea la primera vez. No, no tenemos que seguir bailando. Sí, deja la música, es mejor. No, ya no, gracias. Tal vez un poco de agua.

¿Dónde estás? Dónde está tu cuarto. No veo nada. Auch. Me choqué con una puerta. Enciende una luz, por favor, no veo nada. ¿En la cama? Ah, me habías asustado. Creí que estabas enojada. Pero si estás desnuda. No completamente. Qué piel tan suave. ¿Te lo quito? Ok. Sí, desvísteme tú. Ummm. Qué lengua más rica. Sí. Por donde quieras. No, ningún lugar sagrado. ¿Te gusta? Es toda tuya. ¿Como un ídolo? ¿Te parece? Qué forma más hermosa de adorar. No, fue un gemido de placer. A ver, quiero ver algo. Son perfectos. Eres una diosa. Haz lo que quieras. Dime qué quieres que te haga. Sí. A ver esos pies. Hasta eso te sabe bien. A ver, ahora por aquí. Ummm. Todavía mejor. Hemorragia libidinal *indeed*. ¿Llorando? Ah, eso. Será que está contenta. ¿Miel? Un poco salado para miel. Pero es como tú digas. ¿Ya quieres? Sí, más que listo. ¿Así? Hazte un poco para acá, que nos vamos a caer. ¿Tú crees? ¿Más? ¿Qué fue eso? ¿Agua? Un chorro de agua. Qué has hecho. ¿Yo? Increíble. ¿Puedo seguir? Ahh. Qué delicia. Ya. Uf. Muerto, sí. Da miedo, no te parece, tanta felicidad.

De *El cuchillo del mendigo / El agua quieta* (1985)

LA LLUVIA Y OTROS NIÑOS

LA ENTREGA

EL CUCHILLO DEL MENDIGO

LA PRUEBA

EL PAGANO

EL AGUA QUIETA

De *Cárcel de árboles* (1991)

CÁRCEL DE ÁRBOLES

De *Lo que soñó Sebastián* (1994)

LA PEOR PARTE

De *Ningún lugar sagrado* (1998)

LA NIÑA QUE NO TUVE

NINGÚN LUGAR SAGRADO

NEGOCIO PARA EL MILENIO

HASTA CIERTO PUNTO

VÍDEO

De *Otro Zoo* (2006)

SIEMPRE JUNTOS

OTRO ZOO

GRACIA

FINCA FAMILIAR

ÍNDICE

SIEMPRE JUNTOS Y OTROS CUENTOS

de Rodrigo Rey Rosa
se terminó de
imprimir
y encuadernar
en noviembre de 2008,
en los talleres
de Litográfica Ingramex,
Centeno 162,
Colonia Granjas Esmeralda,
Delegación Iztapalapa,
C. P. 09810, México, DF.

Para su composición tipográfica se emplearon las familias Bell Centennial y
Steelfish de 12:15, 37:37 y 30:30. El diseño es de Alejandro Magallanes. La
impresión de los interiores se realizó sobre papel Snow Cream de 60 gramos.

Este libro pertenece a la colección Mar Abierto
de Editorial Almadía,
donde se da cabida a los viajes
más ambiciosos y logrados
de la narrativa contemporánea,
aquéllos que descubran islas inexploradas
o transmitan la experiencia de la inmensidad oceánica,
que hace posible la navegación.